悪役令嬢？　何それ美味《おい》しいの？
溺愛公爵令嬢は我が道を行く

キース
次兄。正統派の
クールビューティーで、
智謀に長ける。
シルヴァイン
長兄。勉学、剣術、
魔法のすべてを
完璧にこなす天才肌。
マリアローゼ
過労死した会社員の
前世を持つ、公爵家の令嬢。
「悪役令嬢」に転生したことに気付き、
自身を溺愛する両親と五人の兄たちのため、
破滅ルートを回避するべく奮闘する。
人物紹介

ミカエル＆ジブリール
三兄・四兄。常に二人で行動する、
悪戯好きの双子。
ノアーク
五兄。魔法が
使えないという
コンプレックス持ち。
ロランド
アウァリティア王国の第二王子。
優秀な兄の陰に隠れて捻くれていたが、
マリアローゼとの出会いで
変化が起こる。
アルベルト
アウァリティア王国の第一王子。
眉目秀麗、品行方正で
優秀すぎるがゆえに、
あらゆることが退屈だと
感じていたが……？

第一章　王妃になりたくない

残業、早出、休日出勤。

どんどん自分の時間が消費されていく。

お金は生活に問題ないくらいはあるけれど、もう少しのんびりしたい。

暗いマンションの部屋に入り、明かりを点《つ》けようと壁のスイッチを手で探る。

そこで眩暈《めまい》がして、私は冷たい床に倒れた。

倒れた拍子に、玄関横の靴棚の上に置かれていた本がぱたり、と音を立てて床へと落ちる。

妹から借りた小説だ。

明日、返さなくちゃ、と思ったけど身体は重くて言うことをきかない。

視界がそのまま暗くなっていき……

●
●
●

「マリアローゼ！」

「お嬢様！」

不意に名前を呼ばれて、幼い少女は転んだ体勢のまま身動《みじろ》ぎをした。

（マリアローゼって誰だっけ？）

そう思った途端、まるで濁流に流されるようにそれまでの記憶が押し寄せてきた。

公爵令嬢として生を受けてからの記憶だ。

（さっきまでの暗い部屋は、何？）

今マリアローゼの鼻先を撫でる風は暖かく、春の香りがする。

目を開けると、先程まで目にしていた暗くて無機質なフローリングの床ではなかった。

そこには舗装された灰茶色の煉瓦《れんが》が目の前に広がっていて、少し離れたところに誰か立っているのが見える。

金の刺繍《ししゅう》の入った靴を履いた、子供の小さな足だ。

マリアローゼが再び身動《みじろ》ぎすると、地面に伸ばされた幼くて細い手が揺れた。

（あら？　私、縮んでる？）

額《ひたい》にもピリッとした痛みが走る。

（ここはどこだろう？）

「マリアローゼ！」

焦ったように名を呼ぶ声が再び響き、ふわりと腰に回された大きな手が自分を持ち上げる。

そうして起き上がり、目の前の金髪の少年を視界に入れた瞬間、マリアローゼの脳はフル回転を始めた。

この美少年は王子だ。

しかもこのアウァリティア王国の第一王子で、アルベルトという。

品行方正で優秀だが、優秀すぎる故《ゆえ》に退屈さと無関心さを持つという偉そうな設定が付いていたはずだ。

（マリアローゼという名前に覚えがある。妹から借りた小説の主人公……）

前世と思《おぼ》しき記憶の中で読んだのは、「悪役令嬢」に異世界転生した主人公が破滅ルートを回避する物語だった。

タイトルは『悪役令嬢なのに、皆に愛されて困ります』という、いかにもな恋愛ものだ。

『星降る夜に君と』という乙女ゲームの中で断罪される悪役令嬢がマリアローゼで、小説ではそのマリアローゼに転生した高校生だか中学生だかが、破天荒な性格のまま周囲を篭絡《ろうらく》して断罪を回避していく話なのだ。

通称『ホシキミ』と言われるそのゲームの世界でも、それを軸にした小説の世界でも、剣と魔法による戦いが出てくる。

こういった転生ものではよく登場人物をパターン化された「キャラクター」として扱うが、抱きしめられた感触や温もりもある人物達を、どうしてそんな風に作られたキャラクター扱い出来るのか、マリアローゼは前世から常々不思議に思っていた。

もしかしたら何度か転生しているのかもしれないし、ここがゲームの世界なのか小説の世界なのかも分からないけれど、マリアローゼの頭にまず浮かんだのは一つだった。

(王妃になんかなりたくない。でも破天荒な主人公の真似は恥ずかしくて出来ない。ならば無難に振る舞うのがベスト!)

瞬時に方向性が決まり、その通りに行動することにした。

「おめよごし致しました」

掌《てのひら》の擦り傷を確認したいところだが、今はそれどころではない。指先だけでスカートを少し摘《つま》んで、マリアローゼは膝を折って小さくお辞儀をする。

するとアルベルトは空色の目を見開いて、咄嗟《とっさ》に助けようと伸ばした手を引っ込めた。

「大丈夫?」

「怪我をしましたので、下がらせていただきます。御前失礼致します」

ウルトラ完璧ハイパー王子様は、心配そうな素振りで見ていたが、多分引きとめはしないだろう。

マリアローゼは振り返ると、先程助け起こしてくれた手の持ち主を見上げる。

筆頭公爵家当主であり、宰相でもあるジェラルドは、『氷の公爵』という二つ名に恥じることのない美形だ。

しっとりとした青みがかった銀髪の父は、いつもは厳格そうに見える薄氷色の目を細め、整った眉を寄せて心配そうに見つめている。

マリアローゼは、末娘を溺愛する父へと小さな手を伸ばした。

「おとうしゃま……」

安心と痛みで目からはぽろぽろと涙が零れ落ち、語尾も震える。

(決してこれは演技ではなく、幼女だから仕方のないことなんです)

年相応の反応で恥ずかしいことではないのだが、蘇《よみがえ》った前世(二十八歳)の記憶があると、顔から火を噴くほど恥ずかしい。

「殿下、娘の手当てをして参りますので、御前失礼致します」

娘を抱き上げたジェラルドは軽く辞去の礼をとると、くるりと踵《きびす》を返して建物の方へと早足に移動する。

肩越しにマリアローゼと目が合った王子は、先程までと同じく心配そうな様子でこちらを見ていた。そして小さくお大事にと口にする。

マリアローゼは精一杯の祈りを込めて、その目を見つめ返した。

(私は何の変哲もない貴族の子女です。どうかお忘れになってくださいますよう)

マリアローゼは王宮の控室へと運ばれた。この世界には魔法があり、希少とはいえ癒し手もいるので、王宮はもちろん王族の側には常に配備されている。訪問した貴族が怪我をすれば、それも看てもらえるのだ。

マリアローゼも擦りむいた額《ひたい》と掌《てのひら》、膝を手当てしてもらう。

身体全体を治す魔法もあるが、範囲が狭ければ消費魔力も少なくて済むので、まさに「手当てをする」だ。

手を翳《かざ》された箇所がほんのり温かくなり、傷が癒えていく。

「ありがとう存じます」

傷が塞がった手も綺麗に拭かれたので、心置きなくスカートを摘《つま》めるというものである。

淑女の礼をとると、驚いた治癒師は目を見開いた。

「そんな過分なお礼をなさる必要はございません！」

背後に立つ現筆頭公爵でありこの国の宰相閣下と幼い令嬢を見比べながら、わたわたと言う。

「あら、いけませんわ。わたくしを助けていただいたのです。感謝の気持ちを受け取ってくださいまし」

そう言ってニッコリと微笑むと、マリアローゼは後ろからギュッと抱きしめられた。

「なんて素晴らしい娘なんだ……！　天使？　天使か？」

ジェラルドの手放しの絶賛に、マリアローゼは居心地が悪くなる。

(若干めんどくさい)

手当てをしてくれた治癒師の女性は、目を潤ませてその言葉に同意するようにこくこくと頷いている。

「お嬢様は天使でいらっしゃいますね！」

記憶を辿ると、今までそうだったのか？　といえばそうではない。

普通に我侭《わがまま》な娘だったはずである。

公爵家にとって念願も念願、祈りつくして生まれた娘なので甘やかされ放題だった。

そんな娘が天使に育つわけはなく、ただ賢《さか》しい知恵はあったので、家族の前では我侭《わがまま》だけど可愛い娘。侍女達からすれば困った横暴なお嬢様。

ちらりと自分付きの侍女を見れば、そんなやりとりにスンッと冷静な視線を向けている。

彼女はエイラといい、母の元侍女であり、侍女長の次に権限を持つ。ひっつめにした黒髪に、緑の冷たい目が特徴的な静かな女性だ。

マリアローゼの侍女ではあるものの、母に近しい人間なので我侭《わがまま》放題に接するわけにいかなかった一人である。

とはいえ、何度も我侭《わがまま》をぶつけていた記憶はあった。

（今後は態度を改めますので、今までのことはどうか忘れてください）

心の中で謝罪していると、ジェラルドから明るい声がかかる。

「さあ、そろそろ庭に戻ろうか？」

（えっ？　せっかく逃げ出せたのに⁉）

クールビューティーな顔に笑みを浮かべるジェラルドの言葉を聞いて、マリアローゼは慌ててふるふると首を横に動かした。

（ここはきっと運命の分岐点の一つなんだ。間違えてなるものか）

「いえ、もう、おとうしゃまとおうちに帰ります」

記憶の中にあるマリアローゼの幼い口調と上目遣いで言うと、嬉しそうに頬を赤らめつつもジェラルドは首を傾げた。

それもそのはず。王子と会いたい、婚約したいと熱望したのは、前世の記憶が蘇《よみがえ》る前とはいえ、マリアローゼなのだ。

「でも、君は王子様の婚約者になりたかったのでは？」

「いいえ、わたくしはおとうしゃまと結婚するので、いいのです」

にこにこと邪気のない顔で微笑むと、ジェラルドは顔を伏せて悶絶した後に断固とした口調で言い放った。

「よし帰ろう！　すぐ帰ろう！　ランバート」

父が侍従の名を呼べば、スッと姿勢を正したランバートが「御意に」と一言だけ口にして頭を軽く下げる。

黒い前髪を後ろに撫でつけた彼は、目付きが鋭く切れ長な目をした、どこか東洋人を思わせるような色気のある風貌だ。

執事の中でも有望株で、若くして当主であるジェラルドの侍従に昇格したエリートである。

侍従や侍女は秘書のような役割で、身の回りのこと全てを差配し、主人に付き従い王城でも外国でも付いていく。

彼は側にいた二人の従僕に何事かを囁《ささや》くと、彼らはその場から急いで離れていった。

従僕は執事見習いで、見目が良く体力もある若い男が選ばれ、執事の手足となって業務をこなす。

ふわりと重力に逆らうように抱き上げられたマリアローゼは、ジェラルドに抱きしめられたまま部屋を後にする。

何度か来たことがあるので、城外への通路はぼんやりと覚えていたが、改めてしっかりと覚えておく。どこの城でも王の居城は大体が複雑な造りをしているのだ。

馬車回しに着くと、公爵家の紋章入りの馬車が正面入り口に停まっていた。

ジェラルドはマリアローゼを抱いたまま乗り込むと、隣に乗せることはせずに膝の上に置いて抱きしめた。着座を見計らったように、馬車が滑るように走り出す。

侍女や侍従は次の馬車に乗るので、ここにはいない。

適度な揺れと人肌の温かさと安心感で、マリアローゼの瞼《まぶた》が重くなってきた。うとうとと首が揺れるのを見て、優しい声が降ってくる。

「疲れたのかい？　寝ても大丈夫だよ」

安心させるようにポンポンと優しく頭に手を置かれて、マリアローゼは呆気なく意識を手放した。

ふわふわと雲の上にいるかのような感触に包まれて目が覚めると、マリアローゼは柔らかいベッドの中にいた。

最初に視界に入ったのは天井ではなく、ベッドの天蓋《てんがい》だ。

夜空を模した暗空色に、銀の色の星が散りばめられていて、キラキラと光を反射している。

（いや、あれ本当に銀じゃ？　いやいや……えっ？　そんなことある？）

目を凝らしながらもっそりと身体を起こして見上げていると、隣から声がかかった。

「おはようございます、お嬢様」

「ひやぁ」

突然のことに情けない声が口から漏れる。至近距離からの予想外の声かけは心臓に悪い。

小さな悲鳴が聞こえなかったのか、小間使いは深く腰を曲げて礼をしていた身体を起こすと、てきぱきと部屋中のカーテンを開けていく。

暗かった室内が、あっという間に光に満たされていくのをマリアローゼはぼーっと見ていた。

（昨日、王城で王子に会って、そこから逃げて……）

そしてぶっ通しで朝まで爆睡したのだ。

（あの子の様子からして数日寝てた、なんてことはない、よね？）

後ろ髪をエイラのように纏《まと》めてある小間使いの前髪は、栗色でふわふわだ。同じく淡い栗色の目を伏せて、小間使いはマリアローゼの前で小さくお辞儀をした。

「ただいま、飲み物をお持ち致します」

「あの……ナーヴァ……」

記憶を探り探り、何とか彼女の名前を思い出して、マリアローゼは名を呼んだ。

顔を上げた小間使い――ナーヴァはぎょっとした顔をしている。

今までは「ねえ」「ちょっと」「そこの貴方」だったので、名前を知っているなどとは思っていなかったのだろう。

驚いたナーヴァの形相にひぇ！　と言いかけて、慌ててマリアローゼは言葉を呑み込む。

そしてしおらしく上目遣いで口を開いた。

「お願いがあるのだけれど……」

マリアローゼの振る舞いにナーヴァは更に目を丸くして、信じられないものを見るような目を向けてきた。

驚きを言葉に出さない彼女は優秀なメイドなのかもしれない。

というよりも、何を言われるか戦々恐々としているだけかもしれないが、ナーヴァはごくりと喉を鳴らして「はい」と口にした。

「二つ鐘が鳴るまで、誰もお部屋に入れないで。何だか気分が悪いの」

手元にあるフカフカの毛布を握りながら、遠慮しつつそう言うと、ナーヴァは少し呆けたように口を開けた。とんでもないお願いをされるのかと思っていた分、拍子抜けしたのだろう。

時知らせの鐘は一時間ごとに鳴らされる。時刻と同じだけの数、近くの教会の鐘が鳴らされるのだ。鐘が二つということは、二時間を表している。

「わ、分かりました。治癒師様をお呼びするのはその後でよろしいですか？」

「いいえ、どこが悪いというのではないから、それはいいの。お願い、ナーヴァ」

上目遣いでおねだりすると、彼女は呆然とした顔つきから、使命感を持ったメイドの顔に変わる。

心なしか頬も紅潮しているようだった。

美幼女に可愛らしくお願いされて断る小間使いなんていないのである。

「お任せくださいませ！」

元気良く引き受けたナーヴァは、部屋から飛ぶように出ていった。

(これで、飲み物を持ってくるまで誰も来ないわね)

しばらくは一人で考え事に集中出来る。

マリアローゼはほっと息をついた。


マリアローゼは前世の記憶の中に、この世界についての詳細な情報がないか探し始めた。

「私」の記憶を持った幼いマリアローゼの知り得た、この国の現状は以下の通りだ。

ここはアウァリティア王国。

王政であり、王と王妃の他に側妃はおらず、三人の王子がいる。

一人目は第一王子のアルベルトで、乙女ゲームの中では攻略対象者だ。

第二王子はお邪魔モブと言われていて、ロランドという攻略対象ではない悪役王子である。

小説内でも、主人公である悪役令嬢マリアローゼともヒロインとも打ち解けることはなかった。

第三王子は小説の一巻では出てこなかったものの、ゲーム紹介では年下の小悪魔美少年だという
ことだった。今はまだ赤ちゃんである。

正妃であるカメリア王妃は、武門の家柄フォルティス公爵家の出身で、マリアローゼの母ミル
リーリウムの実姉だ。

姉は国王に嫁ぎ、妹は筆頭公爵家の宰相に嫁いだのだから名門中の名門である。

王国は平和であり、今は外敵というほどの外敵はいない。

魔王などという者は存在していないが、魔物はそれなりにいて、自分達の領土を守るのが常と

なっているからか、国同士の諍《いさか》いはここ五百年は起こっていないのだ。

なので母や王妃を含めこの国の上級貴族は、他国との政略結婚にあまり活発ではなかった。属性魔法という、戦争で使われるような攻撃魔法は基本的に貴族の特権能力なので、優秀な人材が他国へ流れるのは喜ばれないのだ。

ちなみにこの属性魔法だが、家ごとに得意な属性があり、それによって攻撃に秀でていたり守りに秀でていたりと異なる。

貴族でない平民達も、親や教会などから生活魔法の術式を付与されるので、最低限の魔法は使用出来る。だが、持って生まれた魔力量と魔法自体の術式の違いもあって、戦うことは出来ない。

逆に貴族は生活魔法を使う習慣がなく、基本的に邸宅で魔道具を使用している。

魔道具は主に魔獣と呼ばれる魔物から採れる、魔力を帯びた石——魔石で作られる。あったらいいなという家電のような道具は、その魔石のおかげですでに流通していた。

庶民の生活ではどの程度普及しているのかは分からないが。

ただし、魔術の発展と引き換えに、科学や物理といったものは恐らく発展していない。

医療に至っては、治癒師が癒やすためにほとんど研究されていない可能性がある。

頭の中を整理していると、コンコンと遠慮がちなノックが聞こえた。

「飲み物をお持ちしました」

「どうぞ、お入りになって」

マリアローゼはすぐに返事をすると、頬が紅潮したままのナーヴァが、素早く室内に滑り込んでくる。

押してきたティートローリーの上には、飲み物のセットと薄く焼いたクッキー、小さなサンドイッチも載せられていた。

食べ物を見た途端、きゅう……と小さなお腹から切ない音が漏れる。

「もしお召し上がりになれましたら」と、サイドテーブルに食べ物が置かれる。

手元に置かれた温かいカップを、マリアローゼは両手で持った。

「気配りありがとう、ナーヴァ」

「では、扉の外におりますので、何かございましたらお声をかけてくださいませ」

お礼の言葉に更に嬉しそうに頬を赤らめて、彼女はそそくさと部屋を後にした。

目の前のカップからはふわりといい香りが漂《ただよ》う。

ミルクがたっぷりと入っているようなそれを一口含むと、ふわりと甘さが舌に広がった。

蜂蜜とミルクの紅茶だ。

「あったかい……」

(甘くて温かくて、美味《おい》しい)

何故だか視界がぼやけた。

誰かが運んできてくれた飲み物、食事――そんなものは前世の記憶の中では幼い頃にしかなかった。

涙がほろほろと頬を伝っていくのが分かる。

「あぁ、私……疲れてたんだなぁ……」

蘇《よみがえ》った過労死の記憶は、冷たくて暗くて悲しかったし、いつの記憶かも分からない。

(もう全然別の世界の記憶だし、もしかしたらただの夢かもしれないけど)

今のこの温かさが幸せと呼ぶに相応《ふさわ》しいことは分かる。

(いけない！　このまま泣いていたら、幼い身体はまた睡眠モードになってしまう！)

マリアローゼは気持ちを切り替えて、さっと涙を拭《ぬぐ》ってクッキーを口に入れた。

記憶の中の味には及ばないけれど十分美味《おい》しい。これも蜂蜜を使っているようだ。

(砂糖はどの程度普及しているのかしら？　蜂蜜が主な糖分なのだとしたら、原料が希少なの？)

今度はサンドイッチに手を伸ばした。葉野菜と肉が挟まれていて、味はチキンとレタスに似ていた。

辛味はなく、ソースはクリームチーズのようだ。

「ふむ、美味《おい》しい」

うんうんと頷いて、幼い頃から今まで食べたものを頭に浮かべるが、前世の記憶の中の食べ物とそこまで違いはないように思う。

(この世界にないものを食べたくなったら、そのうち作ればいいわね！)

お腹を満たすと、マリアローゼは更にこの世界の標《しるべ》となるような記憶を掘り起こす。

(王子はひとまず置いといて、まずは覚えている事柄から整理しよう)

マリアローゼは家族を思い浮かべた。

筆頭公爵家、フィロソフィ家には現在息子が五人、娘が一人いる。

長兄は名前をシルヴァインといい、スパダリ属性の押しの強い性格に野生的な美貌を持つ、第一王子と並ぶ天才肌だ。

母親に似た金髪に、父親似のアイスブルーの瞳なのだが、二人に似ず線は細くない。

髪質は母の家系であるフォルティス公爵家に多い跳ね髪で、快活そうなマッチョボディもそちらの系統だ。

彼は、攻略対象者だということが後々分かるという隠しキャラらしい。

(今は、普通に優しいお兄様だわ)

次兄は名前をキースといい、父親似の正統派クールビューティーで、宰相閣下の複製とまで言われている。

直毛の青銀色の髪を耳の上で切り揃えた幼さの残る髪形をしていて、同じくアイスブルーの瞳の色は冷たい美貌によく合っていた。

智謀に長《た》ける攻略対象者の一人である。

(言葉遣いも丁寧で、物腰も柔らかいのよね)

次は双子の兄弟、ミカエルとジブリールだ。天使の名前ではあるが、中身は悪魔寄りだ。

二人とも母の先祖にいる赤い髪に、真っ青な海のような瞳をしている。

常に二人で行動していて、悪戯《いたずら》っ子という感じなのだが、有体《ありてい》に言えば倫理観ブッ壊れ系である。

（ヤンチャ系というより、まだ子犬っぽい感じだけど）

五番目の兄は名前をノアークといい、上の二人が喧《やかま》しいせいか、口数が少ない兄で、魔法が使えないことで闇を背負っている。

光に透かすと赤いのだが、黒髪にも見える不思議な髪色に、瞳も暗い藍色をしていた。

無能者である自分を卑下して殻に閉じこもっている、不運系の人物だ。

（寡黙だけど、何だか放っておけない雰囲気なのよね。……って、全員攻略対象者じゃないの！）

マリアローゼは頭に思い浮かべた兄達に全力で突っ込みを入れた。

そして、最後の最後に生まれた念願の女子がマリアローゼなのである。

改めて、自分の姿を鏡で確認した。

肩までストレートの長い髪が、途中から緩《ゆる》やかにうねっている。銀色だけど、毛先だけ蜂蜜色に変化していくような……不思議な髪色だった。

どちらもキラキラしているので、そこまで色の差を感じない。奇抜ではなくて良かったというのが、マリアローゼの感想だ。

瞳の色は青とも紫とも見える菫色《すみれいろ》。

母は完全な紫だから、本当に父と母の間を取ったというような容姿だ。これも両親の愛を加速させた理由なのかもしれない。

「はあ……」

溜息を一つ吐いてから、マリアローゼは改めて前世で目にした小説を思い出す。

『悪役令嬢なのに、皆に愛されて困ります』

（困りますって何やねん。お前困ってねーだろ。困ってる振りしてるだけだろ。本気で困ってるなら逃げるなり何なりしろや——っていうのがタイトルを見た時の感想だったな……）

内容はいわゆるテンプレで、乙女ゲームで邪魔者として扱われる令嬢が、ヒロインを虐《いじ》めて断罪されるという世界に転生して、定番の「破滅ルートから逃げなくちゃ★」精神で奮闘していたら、断罪を回避するどころか周囲に愛されまくるというものだ。

（結局、この世界軸がゲームなのか小説なのかは分からないわね）

すでに二重構造の世界なのだ。小説と小説の中に出てくるゲーム、どちらの世界なのか分からない以上、破滅の可能性は視野に入れておくべきだろう。

ゲーム内では我侭《わがまま》放題でヒロインをどのルートでも邪魔するお邪魔令嬢で、必ず断罪されるというオマケ付きなのだ。

これはヒロインがどの攻略対象を選んでも、アルベルトに「国母に相応《ふさわ》しくない」と断罪されてしまうらしい。

（喜んで辞退するし、そもそもなってはいけないやつ）

ところが、小説内で主人公になった途端に逆転現象が始まるのだ。

破天荒で自由な庶民派というよりは野生児化した令嬢が、「オモシレー女」として周囲に影響を与える。

あざといくらいに鈍感で、その後に学園に通う主人公を霞《かす》ませるほどの存在感。平民落ちを目指して、貴族としての勉強は疎《おろそ》かにしているのも特徴だ。

(こんなの演じろと言われても無理だし、恥ずかしい。存在自体が恥ずかしい。人とは違う魅力というものを振り回して、「何故か愛されちゃうんです」というのはマウントではなかろうか)

物怖《ものお》じせずに不敬な言動を繰り返す神経も、勉強しない不真面目さも真似出来そうにない。

(この先何が起こるか分からないのに、無知のままで過ごすなんて小心者の私には無理な話だわ。だから、高圧的でも野生的でもない普通の令嬢を目指せばいい。そして、その普通を演じるためにも、きちんと学ばなければ！)

マリアローゼは根が貧乏性で真面目だった。

(今後の対策としては、攻略対象と距離を置いて、ヒロインを避けることくらいかなぁ)

『ホシキミ』には、続編含めて五人のヒロインがいるらしい。

攻略対象者はもっと多い。総勢何十人に上ると前世の妹がキャッキャしていた。

そうなると、悪役令嬢や恋敵《ライバル》令嬢となる婚約者も大勢いるわけで……

(ほらもう面倒臭い……)

ゲームのスタートは学園入園時期だから、十五歳からだ。小説のスタートはこの間のアルベルトとの出会いで、決まってもいない婚約の話を断る会話から始まる。

(それが逆に王子の関心を引いてしまうのよね。でも、この前は婚約の話も出さずに逃げられたから大丈夫)

婚約回避を目指しているのに、興味を引くような真似をするのは浅はかである。

最初の直感通り、「貴族女性として及第点だが目立たないモブ令嬢」として振る舞うことが鍵なのだ。

普通の貴族として行動していれば、興味を引く対象にはならない。目立たずに行動するのは、マリアローゼにとって恥ずかしくない楽な生き方になるだろう。

ただし、最低限は自立出来る力と、仮に平民になったとしても生き残れる職業について勉強しておかなければならない。

人生何が起こるか分からないのだ。

(仲間も欲しいわ。探しに行かなきゃ。冒険も一緒に出来る仲間がいればなお心強いし)

もちろん、小説の中でそんな行動はしないし、当然のように屋敷の外に出る話も出てこない。

大抵は学園の中か、公爵邸で過ごす描写ばかりだった。

(まあ、一巻しか読んでないけど)

一巻では、幼少期の攻略対象者との出会いから学園に通うまでのエピソードが出てきた。

この小説は通勤中に読んでいた本のうちの一つで、隣の市に住む妹が面白いからと貸してくれたのだ。

全くといっていいほど続きは気にならなかったので、その日のうちに読み終え、妹に返すために玄関脇の棚の上に載せたのを覚えている。最後に目を閉じる瞬間に視界に入った小説がそれだ。

だから、前世の自分がもし記憶が途切れたあの時に死んだのなら、本を取りに来た妹が第一発見者になるだろう。

（身体が腐る前で良かったけど、本当に申し訳ない。妹にあげられる貯金があって良かった）

いつの出来事か分からない「過去の自分」の死に、マリアローゼはしばしの間黙祷《もくとう》を捧げる。

そして存命かどうかは分からないけど、前世の妹の健康と幸せも祈っておく。

（もし妹が同じように生まれ変わっていても、それがこの世界でもそうじゃなくても、どうか、幸せでありますように）

お祈りのポーズをしていると、扉の前が騒がしくなってきた。

「ローゼ、ローゼェェ」

父の情けない声と、母の涙声の呼び声が聞こえてくる。

（もう時間切れ？　でも、まだ鐘鳴ってもいないんじゃ？　没頭して聞き逃した？）

「旦那様、奥様、お嬢様は休んでおられますから」

必死に主人を制止するナーヴァの声も扉の外から聞こえてきた。

でも、雇い主に逆らえないのだから、そのうち押し負けるだろう。

マリアローゼは手の中の冷め始めたミルクティをくいっと飲み干すと、押し止《とど》める努力をしているナーヴァのために布団に潜《もぐ》る。

布団を口元まで持ち上げて窓の外に顔を向ければ、二階まで背を伸ばした木が見える。

（うん？）

木を登ってくる不審者も一緒に目に入った。

目をぱっちり開けているとバレるので、薄目で確認すると、ドヤ顔の長兄、シルヴァインが枝に立っていた。

その横に、猿のように滑らかに双子の兄×二も登ってくる。

「窓からならかまわんだろう」

かまわんわけあるかボケェェ！　と叫びたいのを我慢して、マリアローゼは薄目を閉じた。

(全て記憶から消して眠りたい。兄達は嫌いじゃないし、むしろ大好きだし、大人の女性の記憶をもってしても美少年達だし、目の保養になるんだけど……今はそっとしておいてほしい)

冷静なようでいて、マリアローゼはまだ混乱の坩堝《るつぼ》なのだ。

窓が開かれて兄達が侵入したのと、扉から父母と残りの兄が雪崩《なだ》れ込んできたのはほぼ同時。

「ああ、ローゼ、ローゼ、どうしましょう……ローゼが死んだらわたくしも死んでしまうわ!!」

母の絶叫と泣き声が部屋に響き、ひしっと身体にしがみつかれる。

「そんなことさせるものか！　ローゼも君も私が守る！　治癒師をここに！」

両親の剣幕に、冒険気分だった兄達も気持ちを改めたのか、大合唱を始める。

「死ぬな、ローゼ」

「死なないで、ローゼ」

(……いや、普通に寝てるだけですけど)

すでに家族劇場が幕を開けているので、今すぐ起きるのは難しい。声を上げる勇気が出ないままマリアローゼは目を瞑《つぶ》っていた。

(どうしよう、カオスなんだけど。愛と勇気だけが友達の人に少し分けてもらいたい、主に勇

気を）

などと思考が脱線しかかっていると、治癒師がバタバタと駆け込んできた。

「失礼します」

心地よいテノールの声と、魔法を詠唱する小さな声。

薄目で確認すると、長めの金髪の前髪から優しげな垂れ目の緑とぶつかる。

その瞬間、青年は笑いを噛み殺すかのような顔を見せた。

（バレた……けど、顔面偏差値たっか！）

どの世界線にしろ家族が美形なのは定番だが、公爵家に仕える青年治癒師は間違いなくモブだというのに。

（野生のモブイケメンもいるんだ。でも、後々、実は命を狙って近づいた……なんて変なフラグが立たないように、まずは屋敷の者の身辺調査も独自でするべきか……？）

などとマリアローゼが考えていると、慌てて目を瞑《つぶ》った彼女の前にすっと治癒師が立ち上がる気配がした。

「大丈夫です、奥様、旦那様。お嬢様は疲れて眠っているだけです」

あと仮病です、と付け足されなくてマリアローゼは、ほっと息をつく。

冷静さを欠いた両親だから気づいていないものの、治癒師でなくとも寝た振りは見抜けるだろう。

ようやく死なないでコールが落ち着いたので、マリアローゼは目を開いて両親を見る。

「おとうしゃま……おかあしゃま……どうなさったの……？」

「ああ、ローゼ。何でもないのよ……疲れたのね、ゆっくり眠りなさい」

母、ミルリーリウムの華奢《きゃしゃ》で美しい手が伸びて前髪を撫でる。それはとても心地よく、いい匂いもして、自然と笑みが零れた。

「はい、おかあしゃま……」

そう言って見つめると、母は花が綻《ほころ》ぶように可憐に微笑んだ。

先程まで泣いていた母の長い睫《まつげ》に涙の雫《しずく》があって、マリアローゼの胸がちくりと痛む。

「おかあしゃまは泣かないでね」

「まあ、ありがとう。わたくしの天使ちゃん」

感激したように言うと、母は柔らかく額《ひたい》に二度三度と口づけを落とした。

(これは、幼い自分を演じてるんだから、恥ずかしくない、恥ずかしくない)

マリアローゼは羞恥《しゅうち》で頬が熱くなったが、念仏のように繰り返し自分に言い聞かせる。

「良かった……ほら、お前達は部屋を出なさい。ローゼを休ませよう」

窓から入った三人の野生児達と、父母と一緒に心配そうに現れた二人の兄達に父は廊下に出るよう促《うなが》した。

母も名残《なごり》惜しそうにマリアローゼから離れて扉へ向かう。

「あのね……」

そう声をかけると、皆が動きを止めてベッドの上のマリアローゼを振り返った。

「おとうしゃまもおかあしゃまもおにいしゃまも、皆大好きです」

幸せな気持ちを伝えようと言葉を紡ぐと、皆が笑みを浮かべる。

「私もよ」

「私もだ」

両親の優しい声が耳に染み入る。

「俺も」

「俺達も」

兄達の幼さの残る声が心に響く。

撫でられた心地よさと幸福感に目を閉じると、マリアローゼは夢の淵に沈む。

（大好きな優しい家族。この新しい家族と新しい自分の人生を守ろう。誰一人不幸にしないように）


マリアローゼが次に目覚めると、すでに日が傾いていた。

「ふぁう……」

大きく欠伸《あくび》をすると、ベッドの隣からマリアローゼ付きの侍女、エイラの顔が覗く。

相変わらず無表情のままだ。

「お嬢様、何か食べ物をお持ち致しましょうか？」

問いかけられて、自分の空腹に気づいたマリアローゼは、小さなお腹を撫でる。

「お願いしますわ」

「かしこまりました」

エイラは静かに立ち上がり、部屋を出ていく。

（さて。改めて考えよう）

マリアローゼはベッドサイドに足を垂らして座った。

（私は幼女だ。美幼女なのはいいとして、この幼い身体でまず何が出来るか？）

確か小説の中では、魔力の素養は絶望的とだけ表記があった。

貴族は七歳前後に魔法が目覚めるという分水嶺《ぶんすいれい》がある。

これは才能の問題もあるから、自力ではどうしようもない問題だ。現にノアークだけは魔法が使えないままである。魔法が使えないと無能者の烙印を押されて、社交界でも馬鹿にされたり陰口を叩かれる存在になってしまう。

マリアローゼの能力の発現はまだだが、絶望的なのであれば、目覚めても弱いだろう。

前世の記憶ではファンタジーが好きで、オンラインＭＭＯやＴＲＰＧなどのゲームは色々とやっていたのだ。

そして必ずといっていいほど、ヒーラーの能力を使っていたのだが、この世界で治癒師は貴重な部類なのである。

（でもって、一番好きなのは神官戦士だった。殴って戦える。いや違う。癒して戦える）

癒しも攻撃も中途半端で尖りはしないけれど、安定して前線で戦えるし、ソロもいける。

（ぼっちは苦じゃなかったな。寂しがり屋なのに、一人も大好きなんだよね。むしろ、パーティーを組んで、時間を拘束される方が疲れてしまう。気の合う仲間がいれば、ペアでもパーティーでもいいんだけど……いけないいけない、何をしたいかより、何が出来るかだよね！）

脱線しかかっていた思考を戻したところで、エイラも戻ってきた。

コンコン、と模範のような規則正しいノックの音がする。

「どうぞ」

入室を許可すると、エイラが銀のワゴンを押して入ってきた。

朝とは違い、お茶以外にもきちんとした食べ物が載せられている。

パンにスープ、サラダに肉料理。とてもいい香りがして、反射的にくるると腹の虫が鳴き声を上げる。

「う……」

（これはマナー違反なの？　でもどうやって止めたらいいの？）

マリアローゼは慌てたが、エイラは何も言わずに傍《かたわ》らの小さい丸テーブルに料理を並べていく。

テーブルセッティングが終わるのを見計らってマリアローゼが椅子へと移動すると、さっと椅子を引かれた。

「ありがとう」

礼を言うと、表情は見えないが、やはり何だかぎこちない雰囲気がした。

（いちいち気にしても仕方ないわね。これからの私に慣れてもらうしかないわ）

マリアローゼは早速並べられた食事に手を付けた。

パンはふっくらと柔らかく、甘味があり芳《こうば》しい小麦の味もする。

スープは野菜がふんだんに使われているが、煮込まれているのでほろほろと口の中で蕩けた。中にはベーコンのような薄くカットされた燻製肉も入っている。

肉料理は、すでに食べやすいように切り分けられている獣肉で、ソースも美味《おい》しい。サラダに使われている野菜も新鮮だ。

この世界の料理は美味《びみ》で良かった。

そもそも服飾文化や建築技術が発展しているのに、料理だけが不味《まず》い世界というのが存在するのがおかしいのだ。

衣食住は人間の生活の基本なのだから、同等の成熟度で発展していくものだと常々思っている。

それは、生きていく上で、人がより良いものを求めるからだ。

住み心地の良い家、美しい装飾の服、美味《おい》しい食事。

もし料理だけ不味《まず》い世界があるとするならば、その世界の住人は食に対して興味がないからだと思う。

だが、科学と魔法の発展の違いには何か大きな落とし穴があるように感じていた。

魔法が発展することで、簡単な原理や学問が阻害されているような……天才的な頭脳があればすぐに解明出来るのかもしれないが、今はまだ基礎さえ学ぶことが出来ていないので答えに辿りつけない。

考えても仕方のないことを振り払うように、マリアローゼは頭をふるりと振った。

家庭教師に教えられたマナーを守りつつ、もくもくと食事をしていると、エイラがデザートを給仕する。

果物が詰まったパイだ。

このどろどろの果物が、前世のマリアローゼはとても苦手だった。

残すのも気が引けるので、覚悟を決めて、えいっと口に放り込む。

(……めちゃくちゃ美味《おい》しい)

転生したことで、身体と共に味覚も変わったらしい。

(美味《おい》しいと思えるものが増えるのは純粋に嬉しい)

まだ温かさの残る果汁たっぷりのフィリングが、口の中に広がって蕩ける。

パイ生地はバターをたくさん練り込んであるのか、サクサクしていた。噛めば噛むほど美味《おい》しさが増す気がする。

「美味《おい》しい！」

思わず口にすると、エイラが少し笑った気がした。

「お気に召しましたか？」

「ええ、全部美味《おい》しかったわ」

笑顔を向けて、またパイに集中する。

パクリ。

サクサク。

（やっぱり美味《おい》しい食事にデザート、これが一番の幸福の条件よね）

うんうんと頷きながら食べていると、そっと紅茶が置かれる。

エイラの淹れてくれた紅茶は爽《さわ》やかな香りのもので、口の中もさっぱりとした。

「このお茶も美味《おい》しいです」

「ようございました」

美味《おい》しいものを食べたからか、マリアローゼの身体に力が湧いてきた。

（何をしたらいいか分からないけど、とりあえず本を読んでみよう）

「エイラ、わたくし、本が読みたいのだけれど」

声をかけると、エイラは動きを止めて少し目を見張った。

エイラの怪訝《けげん》な顔からマリアローゼは視線を逸らす。

（そりゃそうだよね。今まで勉強や本から逃げ回っていたもの）

でもさすがは母の肝いりのメイドだけあって、復活も早い。

「どのようなご本になさいますか？」

「自分で選びに行きたいのだけど……」

上目遣いで見上げると、エイラは少し考え込むような表情をする。

公爵家には図書館がある。

大体の公爵家には大きめの図書室があるのだが、このフィロソフィ公爵家には図書館と言っても差し支えないほどの規模で、大きな書庫が別棟として設《もう》けられていた。

これが王国の知恵、叡智《えいち》の薔薇《ばら》、と言われる所以《ゆえん》だ。

宰相を始め、文官の輩出者が多いのも頷ける家柄なのである。

「今日はお疲れでしょうし、選ぶのはまた日を改めた方がよろしいかと」

気遣うように言われれば、ゴリ押しするわけにはいかない。

「じゃあ、神話とかお伽噺《とぎばなし》の本がいいです。あと、世界地図と、他の国のことが書かれている本と、図鑑。出来たら貴族名鑑もお願い」

矢継《やつ》ぎ早《ばや》に言ってしまって、はっとエイラを見ると、やっぱり何かを疑うような眼差しを向けられている。

(ええ、ええ、分かりますとも。今までとは別人ですよね。別人と言われても仕方ないです、幼女の身体に大人の記憶が搭載されましたから。こうなったら仕方ない、言い訳をするしかないわ)

覚悟を決めてマリアローゼは口を開いた。

「わたくし、お城で粗相をしてしまったでしょう?　だから、きちんとした淑女にならないと。お父様が困ってしまうのは嫌なのです……」

チラチラ様子を窺《うかが》いながら言えば、エイラは何事かを考える様子を見せた後一つ頷いた。

「承《うけたまわ》りました」

強い意志を感じる目を向けられて背中に悪寒が走るが、その予感は数十分後に的中する。

しばらくして食事を載せたワゴンに堆《うずたか》く積まれた本が、部屋に持ち込まれたのだ。

およそ前世の体感で何週間もかかりそうな本が何十冊も目の前にある。

「え……あ、……あ、これ……」

「はい、お嬢様のご希望の本を見繕《みつくろ》って参りました」

エイラはニコリというよりニヤリ、という擬音が付きそうな笑みを浮かべる。

「わあ……読むものがいっぱいで嬉しいな……」

半ば素の言葉で、やけくそな感想が漏れた。

(関連書籍ありすぎだし、見繕《みつくろ》いすぎでは？)

でも、考えてみれば悪くはない。

もしかしたら今後冒険に出られるかもしれないし、知識は多いに越したことはない。

マリアローゼは分厚い本を手に取ると、膝の上に置いてゆっくり読み始めた。

(ふえぇ……この身体しゅごい……)

マリアローゼは震えた。

何故なら、ものすごく……ものすごーく効率的に知識が吸収出来るのだ。

五歳児の脳が活発というのもあるのだろうが、当社比十倍くらいはコスパがいい。ざっと目を通しただけで、頭の中にきちんと入ってくるのだ。

あっという間に一冊の本を読み終えて、はふぅ、と息をつく。

そうして、二冊、三冊と読み進めたところで。

「お嬢様、そろそろお休みの時間です」

部屋の中で静かに掃除をしたり、片づけをしていたエイラがいつの間にかベッドの横に立っていた。

その背後には、小間使いのリーナが控えている。

リーナはエイラに比べて若く、茶色の髪を二つに分けて結んでいる女性だ。背もエイラよりも低いので、薄桃色の瞳と相まって可愛らしい小動物のように見えた。

「あ……もうそんな時間でしたのね。では寝ます」

マリアローゼは素直に頷くと本を枕元に置いて、こてんと横になる。

時間を告げる鐘の音すら聞こえていなかったし、本を読みながら齧《かじ》ったクッキーの味すら思い出せない。

それほどまでに集中していたことに気づいた途端、身体が重く感じた。

「おやすみなさいませ」

頭を下げてエイラは部屋を出ていき、リーナはベッドの傍《かたわ》らの椅子に座る。

昨日はナーヴァが務めた不寝番だ。

余所《よそ》の家の事情は知らないが、この公爵家で溺愛されているマリアローゼには寝ている間も様子を見る不寝番が置かれている。

マリアローゼはもふぅ、と欠伸《あくび》をすると、そのまま眠りに落ちた。


幼女の朝は早い。

疲労回復が尋常ではないのだ。すぐ疲れてしまうのは難点だが、本を読む分には差し支えない。

マリアローゼはベッドに寝転んだまま、枕を抱えて本を読み耽《ふけ》る。

最初は「もう少しお休みになられた方が……」と渋っていたリーナも、一緒に読もうと誘えば目を輝かせた。リーナは本が好きなようだ。

不寝番とはいえ、何もせずに座っているだけというのは辛そうだったので、マリアローゼは提案した。

「今後、不寝番をされる方には読書の時間をあげましょう」

マリアローゼがにっこり微笑むと、頬を染めたリーナは勢い込んで言い放った。

「それはとても素晴らしいお考えです！」

彼女は婚約前の子爵令嬢で、行儀見習いとしてフィロソフィ公爵家に勤めている。

基本的に上位貴族の家は、家督を継げない下位貴族の子女の勤め先となっているのだ。

きちんと勤めれば、給金も出る上に、衣食住に困ることはない。

それに、上位貴族の家に出入りする商人や他の貴族に見初《みそ》められれば良い縁談も得られる。万が一、縁談がなくても、安心安定の終身雇用だ。

だからこそ、最初の調査は念入りに行われるようで、専門職以外で平民が雇われることはほとんどなかった。

下位貴族であれば、賃金が安い平民を雇用することもあるだろうが、前世で読んだ「命じられたわけでもないのに、嫌味を言ってくるメイド」みたいなものはちゃんとした家格の家であれば存在し得ない。

何故なら天に唾を吐きかけるも同じ、我が身にすぐ返ってくるのだ。

主人に命令されているならともかく、平民が貴族に逆らうようなことはしないし、どんなに下位でも貴族子女であれば、ある程度の忍耐力とマナーは身に付いているのが普通だ。

エイラやリーナも含め、このフィロソフィ公爵家で働く人間はその点は徹底されていた。

黙々と本を読みつつも、朝の鐘の音が鳴ると、リーナはきびきびと動き始める。

カーテンを開け、窓も少し開けて空気を入れ換えると、リーナは快活な声で問いかけた。

「お飲み物のご希望はございますか？」

「いつものミルクティをお願いします」

マリアローゼが本から目を上げずに言うと、かしこまりました、と一礼してリーナは部屋を出ていく。

しばらくするとミルクティの甘い香りに鼻腔を擽《くすぐ》られ、ゆっくりと身体を起こした。マリアローゼは用意されたお茶を飲み、添えられたクッキーを齧《かじ》る。

しばらくすると、交代の時間が来たリーナとエイラが二人揃ってマリアローゼへ挨拶《あいさつ》をしに来た。

リーナが部屋を出ていき、エイラが部屋に残る。

「こちらの半分は書庫へ戻していいのですね？」

最初に読み始めた本を目に留めたエイラは、読み終わった本を重ねたワゴンの側に立って言う。

(目敏《めざと》い。さすがやり手のエイラね)

ふと、マリアローゼは昨日お願いし忘れた本を思い出して追加の希望を出す。

「ええ。代わりに魔法関連のご本をお願いします」

「承《うけたまわ》りました」

エイラは丁寧にワゴンを押して部屋を出ていった。

昨日から読んでいた本で、大体の世界の知識は掴《つか》めた。

この大陸はモルタリア大陸と呼ばれ、国土は広いものの、三つの大きな国と小さな神聖国しかない。

アウァリティア王国を中心に、北にルクスリア神聖国、東にガルディーニャ皇国、西にフォールハイト帝国。

更に海を隔《へだ》てた南にグーラ共和国があり、商業国と言われる商人達の国がある。

海を隔《へだ》てた西の島々には、それぞれイーラ連合王国とアルハサド首長国が存在していた。

大きな国は大まかにこの七つで、地理的に戦争をするのが難しいため、未だに平穏を保っていた。

アウァリティア王国とフォールハイト帝国の間には樹海が広がっていて、そこには数知れない魔物が跋扈《ばっこ》している。

また、東のガルディーニャ皇国との間には厳峻《げんしゅん》な山脈が連《つら》なっており、そこにも魔物が数多く生息していた。

そしてその樹海と山脈が途切れる小さな区域に、アウァリティア王国と始祖を共にするルクスリア神聖国がある。帝国同士が争うにしても、王国に対して仕掛けるにしても神聖国を踏み荒らさねばならないため、抑止力となっていた。

神聖国にもし害を為せば、内外にいる神聖教徒との戦争に発展してしまうのだ。

というわけで、かくして大陸の平和は保たれているのである。

それは良いことなのだが、マリアローゼの人生を守ることとはまた別だ。

「悪役令嬢なのに愛されて困る」とかそういう問題ではない。

（小説では、確かに登場人物が色々と好意を向けているように書かれていたけど……これは誰の目線で書かれたのかしら？　もしくは予知能力とか、そういうお告げみたいなものなの？）

改めて考えると、マリアローゼを取り巻く状況がちょっとおかしい。

何故なら、公爵家以上の家格で女が生まれていないのだ。

さすが根本が乙女ゲーと言うべきか、逆にこの状況だからこそ乙女ゲームに発展して、全てのルートで邪魔をしてくる悪役令嬢になってしまい、小説では溺愛ヒロインに転化したのか。

あくまでも今のところ、大国限定ではあるが、王女も公爵令嬢も同年代に存在していない。

更に王族の縁者ともなれば、未来の花嫁として引く手数多《あまた》だ。しかし、決して「愛されている」だけではない。

貴族は政略結婚が普通だから、より良い条件を望むのが普通だ。だから公爵令嬢であるマリアローゼはまさに適任だった。

そういう背景もあり、どんなに悪辣だったとしても追放や処刑ではなく、幽閉されるくらいで済むかもしれない。

（そうなっても嫌だけど）

それにいくら筆頭公爵家とはいえ、会いたいと言って王子に会えるなんてことも尋常ではない。

でもよくよく思い返してみれば従兄弟《いとこ》なのだ。

母の姉が王妃なのだから、血縁的にも家格的にもかなり近い。

（こう……雲の上の人から、近所にいる人に格下げになったような感覚ね。王族には違いないから敬意は払うけど、従兄弟《いとこ》じゃないの）

「なあんだ」

マリアローゼは呟《つぶや》きつつ、ページを捲《めく》る。

そこまで恐れることではないし、油断はいけないが敵を大きくしすぎるのもまた良くない。

何なら「兄妹みたいな関係で恋愛対象ではない」作戦で十分な気がしてきた。

マリアローゼが我侭《わがまま》放題でも割と放置されていた素地が分かって、少しだけほっとする。

王族からの誘いは断れないというのは確かだけど、かといって強要を受け入れないといけないほどでもない。

（いざとなれば修道院に駆け込めばいいわ）

困った貴族子女の逃げ場の定番である。

逃げ場にされたら修道院も困るだろうけど、その分寄付をはずめばいいのだ。

（でも、でも、欲を言えば……命の危険はあるけれど、冒険者とか憧れる。色んなところへ旅したり、色んなものを食べたり、そうだ！　次は冒険の本を読もう！）

取り留めのないことを考えつつ、本を読み進めていると、小間使い達が入ってきた。

「お嬢様、お支度を致しましょう。朝食のお時間です」

侍女であるエイラの声を合図に、手からは本が取り上げられ、小さな椅子に抱えて座らされた。髪を梳《す》く者、手足を清める者の手が色々なところから伸びてきて、されるがまま飾り立てられる。と言っても幼女なので、最低限の身だしなみで済んだため、すぐに解放された。

コルセットはまだ必要ないので楽である。

「ありがとう」

マリアローゼが微笑んで声をかければ、皆がにっこり微笑んでお辞儀が返された。

(順応が早い。すぐに「お嬢様が頭を打って何だかおかしい」みたいな話が出回ったのかも。もう少し成長して、もっと酷い我侭《わがまま》をした後に豹変するよりきっとマシよね)

マリアローゼは更ににっこりと微笑み返してから、食堂へと向かった。


エイラの先導で、長い廊下をとてとてと歩いて食堂に着くと、ジェラルドがすぐに抱き上げに来た。

「ローゼ、体調はどうだ?」

「もうすっかり元気です」

「それは良かった」

そのまま座った父の膝に乗せられ、横に座るミルリーリウムからも頭を撫でられる。

「心配したのよ、ローゼ。無理はしないでちょうだいね」

「はい」

元気良く頷くと、母は安心したように頷いた。

次々に兄達も現れて、朝の挨拶《あいさつ》を交わすと自分達の席に落ち着く。

マリアローゼがミルリーリウムの横の椅子に改めて座らされ、お祈りの後食事が始まった。

食事が終わると、父は仕事へ、母は茶会へとそれぞれ出かけていく。

残された子供達は、家庭教師による教育を受ける。マリアローゼは礼儀作法とダンスの授業。そして昼食を取ってお昼寝をしてから、午後は音楽と絵画の授業だ。

（五歳児なのに頑張りすぎでは？）

と思ったが、毎日ではないし、頑張れば早目に修了して違う授業を受けられる。

（是非！　是非、魔法を！　武術を！）

希望を叫びたいところだが、不審者にならないよう我慢する。

その分空いた時間にエイラが選んでくれた、魔法の基礎の本を読破した。

簡単に要点を纏《まと》めると、魔力の流れを感じることと想像力が大事だという二点だ。

とはいえ、初心者なのに魔力の流れを感じろと言われても無理である。

（適当なイメージだけど、自転車を乗れる乗れないのあの感覚に似ているのかな？）

感覚さえ掴《つか》めば、使えるのかもしれない。

あのバランス感覚のようなものを学ぶのなら、実地で教えてもらいたいところなのだが……魔法の授業は発現してからと決まっているらしい。

ただし、分水嶺《ぶんすいれい》である七歳前に発現すれば、制御方法を覚えるために授業を受けられる。

長兄のシルヴァイン、次兄のキースは天才肌で、五歳にはもう魔法を使えたようだ。

双子に至っては魔法が使えることを隠していたため、実際には何歳から使えたのか分からないらしい。

ゲームでは魔法があまり使えなかったらしく、小説のマリアローゼは最初から諦めて別の方向へと頑張っていた。

勉強も努力も間違った方向へと突き進んでいたので、それはもったいないと思う。

(魔力が高いとは言われてないから、頑張っても人並みくらいかもしれないけどね)

状況を考えてみると、長男次男に良いところを吸い取られてしまったのでは？　と疑いたくもなってくる。

(ずるい、私の魔力を返してほしい)

あの自信満々で不遜《ふそん》なシルヴァインの笑顔を思い浮かべると、憎しみすら湧いてくる。

(いや、いけない。兄なのだから、大事にしなくては)

前世の知識を総動員して、魔力の感覚を掴《つか》むきっかけをどうするか考える。

(流してもらえばいいじゃない！　魔法を使える相手に、魔力を流し込んでもらう――そういう話を読んだことがあるわ)

でも、下手な相手に相談して失敗したら困る。双子なんかに頼んだ日には頭が爆発しそうな気がするのだ。

うーむと考えて、適任者を探す。

（そうだ……あの人なら）

善は急げとばかりに、マリアローゼは治癒師のマリクの部屋へ向かう。

「それでこちらにいらしたんですか、お嬢様」

訪ねてきた理由をマリアローゼから聞いて、マリクはクスクスと笑いながら、緑の垂れ目を細める。

マリクの部屋は簡素で、怪我人用のベッドが三つと、本や植物があちこちに置かれていて物は多いが、居心地の良さそうな空間になっている。薬棚もきちんとあり、色々なものが瓶に詰まって置かれていた。

マリアローゼの視線が薬棚に釘付けになっているのに気づいたのか、優しい声音のままマリクは言葉を続けた。

「ああ、それは薬ですよ。治癒の魔法を使うまでもないものや、治癒の魔法では治らないものを治します」

「治癒魔法で治らないもの……？」

マリアローゼが尋ねると、マリクは笑顔のまま頷いた。

「万能だと思われがちですが、そうではないんです。傷なら塞げるし、毒なら取り除ける。場合によっては病《やまい》も治せますけど、失った手足は治せませんし、治せない病《やまい》もありますね」

「治せない病《やまい》……」

考え込みそうになったマリアローゼに目線を合わせるようにして、マリクは床にしゃがみ込む。

「それで、お嬢様は魔力を流してほしいんですよね？」

「はい」

マリクは両手を差し出すとマリアローゼを抱き上げて、今まで座っていた背凭《せもた》れの付いた椅子に下ろす。

そうしてまた跪《ひざまず》いて、両手で両手を軽く持った。

「確かに有効だという論文もございますが、あまり経験はないので……気分が悪くなったら言ってください」

マリクの手から熱を感じる。

（これはただの体温？）

と思っていると、ぞわり、と何かが巡ってくるような感覚がする。

（これは確かに、ある意味、気持ち悪いかもしれない）

例えは悪いが、昔病気の時に体内に水を入れられたような、あの異物感が近い。鼻から管を入れて、顔の内側を水で洗浄されたことがあるのだ。

皮膚の内で、水の流れる感覚だけが顔の中で駆け巡る気持ち悪さを思い出す。

（痛くはない。けど何かが流れてきて、気持ち悪い……）

そこに意識を集中しすぎると吐きそうだ。

マリアローゼはその不快感が馴染むまでリラックスするように努める。

(これが魔力の流れなのね、きっと)

結果を言うと、マリアローゼは気絶した。

ぞわぞわとした不快感と、奇妙な感覚の後、だんだんと意識が薄れていったのだった。

元々椅子に凭《もた》れかかっていたのでバターンと倒れなかったのは幸いだった。リラックスしすぎて寝ただけにしか見えなかったかもしれない。

事前に話しておいた通り、マリクは疲労によるものだと言い訳をしてくれていたので、昨日のような騒ぎにはならず、部屋のベッドで眠らされていた。

ふと花の香りを感じて起き上がってみれば、エイラが今まさに花瓶に花を生けているところだった。

「お花……」

マリアローゼが呟《つぶや》くと、エイラは手を止めて一礼した。

「はい。今日もアルベルト第一王子殿下からお花が届きました」

(今日も? 「も」って何?)

マリアローゼが目線で訴えかけると、察したエイラが頷く。

「昨日のお花は、旦那様が持っていかれました。これで五日連続でございます」

(どこへ持っていったの?)

首を傾げると、続けてエイラが言う。

「香りの強い花なので、別室に飾ってございます。添えられたお手紙も、旦那様が保管されていま す。お返事も代わりになさっているのではないでしょうか」

「そう」

(厄介事を片づけてくれるならありがたい)

今の王子はマリアローゼにとって破滅ルートへの入り口でしかないのだ。

それに、幼い娘の代わりに親が代筆の手紙を送るのは特に失礼なことでもないだろう。

(むしろお父様にはお礼を言うべき？　いい香りのお花は好きだけれど、体調を気遣ってくれたんだろうし)

病人の側には匂いの強い花は向かないと聞いたことがある。

「もうすぐ晩餐《ばんさん》のお時間ですが、どうなさいますか？」

「行きます」

起き上がって、ベッドの縁に足を垂らすと、エイラは綺麗な装飾の銀のベルを振った。

控えめな金属音がすると、小間使い達が部屋に入ってきて、晩餐《ばんさん》用のドレスを着付けていく。

部屋着でいいのに……と思ったが、そういうわけにもいかない。

控えめに飾られて、マリアローゼは食堂へと向かった。

次の日は、昨日と同じ……ではなく。

礼儀作法が終わり、ダンスの授業を済ませると、午後はお休みとなっていた。

最近疲れているようだからと家令の調整が入ったらしい、というのはエイラからの情報だ。

家令は老齢の執事、ケレスが務めている。先々代の公爵の時からいて、父が子供の頃から世話をしている公爵家の重鎮だ。

ケレスは使用人全員を纏《まと》め上げ、子供達の管理まで任されている。

彼に逆らえる者はこの屋敷にはいない。双子でさえ彼には遠慮して、悪戯《いたずら》を仕掛けないのだ。

マリアローゼはケレスのくれたお休みを有効活用することに決めた。

せっかくなので、お昼寝と昼食の後で庭を冒険することにしたのだ。

綺麗に整えられた庭園と、美しい噴水。

四季に合わせて咲く花の茂みが、整然と並んでいる。

通いの庭師を雇っているため、日が昇ると共に庭の手入れをして、家人が起きる頃には庭から退去し、温室や別の場所にある畑で庭に植える植物を世話している。そのため、基本的に家人の目に触れるような時間帯には庭にいない。

庭師が不在の時は、従僕が庭を見回り、落ち葉や花などを回収しているらしい。

マリアローゼの疑問に答えてくれるエイラの話は、生活に根付いていてとても勉強になる。

「大きな木……」

窓から見ることはあったが、側まで寄ったのは初めてかもしれない。

両手を伸ばしても余りある太い幹に、がっしりとした枝振りで、大きな木陰を作り出している。

見上げれば、枝先は木漏れ日が差し込むが、幹に近い中央は葉が茂っていて暗い。

「先々代の公爵様が植えられたそうでございますよ」

これまたエイラが解説してくれる。

「ひいお爺様の木なのね」

ぽすん、とマリアローゼが根元に腰掛けると、エイラは腕にかけていた布を地面に広げてくれた。

「こちらでお休みなさいませ」

「ありがとう」

地面に敷かれた布は、思ったより厚みがあって、寝転んでも背中は痛くなかった。

木の側はとても気持ちがいい。降り注ぐ太陽の熱を、適度に遮断してくれて涼しい。

風が吹く度に、さやさやとそよぐ葉の音も落ち着かせてくれる。

しばらくぼーっとしていると、だんだんと眠くなってきた。

うとうとしながらも昨日のマリクがくれた感覚を思い出し、枝へと手を伸ばす。

(気は丹田《たんでん》からって言うけど、魔法も同じかしら？　ちょっとやってみようかな……でも火はだめね、危ないもの。水は危なくないけど、濡れてしまうし、土は身体の下だわ。じゃあ、風は？)

マリアローゼがそう思った瞬間、突風が吹き荒れる。

「えっ……」

まどろんでいた意識が急に身体に戻されたような感覚にびっくりして、マリアローゼは起き上がった。

(偶然よね。偶然、すごい風が吹いただけ)

まんまるの目をして驚くエイラに、マリアローゼは困ったような顔を向けようとして、くらりと眩暈《めまい》に襲われた。

痛みはないが、すうっと目の前が暗くなり、身体も鉛のように重たくなる。

「お嬢様！」

悲痛なエイラの叫びと、柔らかな腕に抱きとめられて、マリアローゼはまたもや意識を失った。

●　●　●

「魔力切れ、だと……？」

アウァリティア王国宰相にして、筆頭公爵家の当主であるジェラルドが形の良い眉を顰《ひそ》めた。

執務机に座るジェラルドの傍《かたわ》らにはいつものように、侍従のランバートが姿勢良く直立している。

治癒師のマリクは、執務机の前にある長椅子に座っていた。

「……王子に会わせるのは早かったか」

ジェラルドの呟《つぶや》いた言葉に、マリクは困ったように苦笑を漏らす。

魔法の発現は、生命の危機や精神的な負荷でもきっかけとなり得るのだ。

だが、今回は違う。

マリアローゼは望んでそれを行ったのだ。

覚悟を決めるように、マリクは溜息を一つ吐いて口を開いた。

「いえ、お嬢様の望みです。内緒にするよう言われましたが、前日にお嬢様の提案で魔力を身体に流したんです」

「そういうことは事前に相談しろと言っただろう」

「まさか、こんなことになるとは思わなくて」

困ったように髪を掻き上げて苦笑するマリクに、今度はジェラルドが溜息を吐いた。

多少砕けた物言いになっているのは、主人と雇用人というよりは友人としての付き合いが長いからだ。

「確かに、ノアークの時は何も起きなかったからな」

公爵家にはすでに魔法が使える子供が四人もいるので、ノアークに対して魔法を使えるようになってほしいとは思っていないが、何より本人が気にしている。

だから色々と魔力の発現する方法を試してみたのだが、どれもうまくはいかなかった。

「早目に家庭教師を付けるべきでは？　魔力切れや魔力暴走は身体の負担が大きいですよ」

マリクの言うことはもっともだった。

魔力暴走は周囲や自分を傷つけてしまうし、魔力切れは精神的負荷が多い。

枯渇するまで魔力を使って魔力量を増やすという方法があるにはあるが、繰り返すと廃人になる可能性が高まるので推奨されてはいない。

魔法使いに師事して魔法や魔力の扱い方を学び、魔力切れにならない水準を見極めるのが正しい方法だ。

「……いや、それはまだ早い。もうすぐ王子殿下の誕生会だ。それさえ終われば領地に連れていくことが出来る。それまでは魔法から遠ざけるしかない」

「でしたら、魔法に関する書物を読むのも禁止なさった方がいい。お嬢様は聡明すぎる」

「手配しよう。ケレスと使用人達に通達を」

「畏《かしこ》まりました」

マリクの提案に同意したジェラルドの命を受け、ランバートは速やかに部屋を後にした。

第二章　運命の出会い

結局、マリアローゼは魔力切れが原因で、たっぷり二日間寝込んだ。

目が覚めたのは翌々日の夜中で、目を開けた瞬間ナーヴァの涙目の顔が見えて、自分の失態を察したのだ。

「あの……ナー」

「お嬢様！　今すぐ旦那様にお知らせしてきます!!」

マリアローゼの声に被せて言うと、ナーヴァは脱兎の如《ごと》くその場を走り去った。

「……大丈夫か？　ローゼ」

気がつくと、マリアローゼの片手はベッド脇に座っているノアークに両手で握られていた。

その目の下には隈があり、若干やつれている。

「お兄様、寝ていらっしゃらないの……？」

びっくりしたように問いかけると、ノアークは済まなそうに呟《つぶや》く。

「魔力切れを起こしたと聞いた。昨夜はシルヴァイン兄上が側にいたのだが……無理を言って交代していただいた」

（自分より年下の妹が魔力を持ったら、お兄様の立場が余計に悪くなるかもしれないのに、心配を？）

マリアローゼはもう片方の手をノアークへと伸ばすと、ノアークはその手に顔を寄せた。

（温かい。これは小説やゲームの中なんかじゃない。お兄様は生きてる）

「お兄様は、わたくしが魔法を使えたら嫌ではないですか？」

思わずマリアローゼが口にすると、ノアークはきょとんとしてから優しげな微笑を浮かべる。

「……嬉しい。俺はローゼには笑顔でいてほしいから」

自分と同じように辛い目に遭わなくて良かった、と言われているようで、マリアローゼの心がじんわりと温かくなる。

「わたくしは強くなって、お兄様を……幸せにして差し上げます」

（守る、なんて言ったらお兄様を弱い者みたいに扱ってるみたいだものね。それに、お兄様は強いわ。自分が辛い思いをしているのに人の心配をするなんて、弱い人では出来ないもの）

寄せられた頭をなでなでと撫でながら言うと、ノアークは嬉しそうにはにかんだ。

「……楽しみだな」

●●●

廊下では、部屋に入ろうとしたジェラルドをミルリーリウムが腕を引いて止め、二人の子供のやりとりを聞いていた。

「あの子は天使かな？」

ジェラルドは目頭を押さえながらしみじみ呟《つぶや》く。

世間では魔法が使えない貴族を、無能者として蔑《さげす》んでいるのが普通だ。家族内であれど、そういった差別をしているところはある。

隣のミルリーリウムもゆっくりと頷いた。

その目には涙が静かに光っている。

「ええ、ノアークのことはわたくしも胸を痛めておりますけれど、ローゼがあの子に優しくしてくれて嬉しいですわ」

「ああ、そうだね」

ミルリーリウムは、魔法を使えない身体に産んでしまったという負い目を少なからず感じていた。

周囲の人間に責められたことはないけれど、ノアークが苦しむ姿を目にすれば母としても辛いものがある。

まだデビュタント前で、さほど公《おおやけ》の場に出る機会が多くないのだけが救いだった。

だが、この先三年もしないうちに、その時は訪れる。

いくら親が「魔法がなくてもいい」と言っても、周囲からの扱いが変わるわけではない。

ともすれば、お前は不要だと言っているようにも聞こえてしまうだろう。

だからこそ、愛する妹の言葉に少しでも救われてほしいとミルリーリウムは祈るのだった。

●●●

その日の晩餐《ばんさん》にはようやく私室から出ることを許されて、マリアローゼは食堂へと向かった。

代わる代わる見舞いに訪れた兄達と楽しい時間を過ごし、簡単な習い事もしていたので退屈ではなかったが、具合が悪くないのに部屋から出られないのはやはり窮屈だ。

晩餐《ばんさん》用のドレスに身を包み、階下の食堂へ行くだけでも開放感がある。

社交や世界情勢などの話を聞いているだけで勉強になるし、マリアローゼにとっては晩餐《ばんさん》も楽しい時間だ。

「ローゼ、君が最近たくさん本を読んでいると聞いたのだが」

食事中に、父が覗き込むように麗《うるわ》しの笑顔を向ける。

子供達の情報が伝わるのが早いのは、さすがメイドネットワークである。

重要な用件は必ず執事や家令を通じて、主人であるジェラルドの耳にも入るのだ。

「はい。新しいご本を買いに行きたいです」

マリアローゼは街へ行きたいアピールを忘れない。

そもそも家にいながらして何でも揃う公爵家に生まれては、街へ出る機会もない。

常に貴族の子女は誘拐の危険性を孕《はら》んでいるのに、更に過保護なこの両親を相手に、ただ街に行ってみたいとお願いするだけではまず許されない。

知識欲旺盛で、本好きな父を篭絡《ろうらく》する作戦だ。

(連れていってくださいますよね?)

期待を込めた笑顔を振りまくと、ジェラルドは破顔する。

「ほう。どんな本がいいんだい?」

何でも何冊でも買ってあげるよ、みたいな笑顔を向けられて、んぐ、と言葉に詰まる。

何なら店ごと買ってきそうでとても怖い。

だがマリアローゼは家の外に出たいので、それでは意味がなかった。

「自分で選びたいのです」

「ふむ……」

ジェラルドは綺麗な指を顎に当てて考え込む。

本を読む楽しさも知っていれば、本を選ぶ楽しさも知る紳士である。

スッと斜め後ろに視線を投げるジェラルドに、控えていたランバートが一歩進み出て静かに頭を下げる。

「三日後であれば、少しばかりお時間を取れるかと」

ジェラルドは静かに頷くと、マリアローゼに笑顔を向けた。

「三日後にお出かけしようか、ローゼ」

「はいっ」

嬉しさ全開で返事をすれば、父も母も嬉しそうな表情になる。

「いいないいなー！」

「俺達も街に行きたい！」

双子が騒ぎ出すが、父が一言「却下」と言って食事を続ける。

更に双子がわあわあと騒ぐ中、キースが静かな声で言った。

「お前達は本など読まないでしょう。僕も本を見に行きます」

バッサリと切り捨てて、返す刀で参加をゴリ押してくる次兄に、父は鷹揚《おうよう》に頷いた。

「課題を全て終わらせていれば良しとしよう」

「ありがとうございます」

これはマリアローゼにも当てはまることだ。

ただ今のところマリアローゼは礼儀作法と絵画、音楽にダンスといった、子供が楽しめそうな基礎授業しか受けていない。

ミルリーリウムの時間が空いた時には、母と侍女達に囲まれて刺繍《ししゅう》の練習もしているが、それも楽しい時間だ。

以前は逃げ回っていた語学の授業も、最近は大人しく真面目に受け始めている。

「あの……俺も行きたいです」

おずおずとノアークも手を上げる。

「条件はキースと同じだぞ」

「はい」

長兄のシルヴァインはと言えば、にこやかにご飯をモリモリと食べている。本屋に興味はないらしい。

双子は不貞腐《ふてくさ》れながらも、行儀良くご飯を食べている。

家庭教師から逃げ回って悪戯《いたずら》して、困らせまくるのが趣味の二人は授業が遅れていて、三日どころでは済まないだろう。

(双子のお兄様達は……きっと無理ね)

にこやかに勝手な判断を下して、マリアローゼは食後の紅茶を口に含んだ。


それから平穏に二日が過ぎ、約束の街に出かける日になった。

あの後、マリアローゼは魔法の本を取り上げられ、魔法を試すことも禁じられてしまったが、兄達の剣の訓練を見学したり、一緒にダンスの練習をしたりと楽しい日々を送っていた。

毎日王宮から花も届いていたが、父からは何も言われないし、エイラからも追加情報が来ないので、花だけを愛《め》でて放置している。

条件通りに課題をこなしたキースとノアークが外行きの服で、玄関脇の控室に集《つど》っていた。

二人とも濃紺の仕立ての良い服を着ているが、ノアークの方が体格がいい。

(知らない人が見たら兄と弟が逆に見えそうだわ)

マリアローゼも、美しく着飾ったミルリーリウムと控室の長椅子に並んで腰掛ける。

母は今日も忙しく、招待されたお茶会へ出かけなくてはいけないが、途中まで一緒に向かうらしい。

父は仕事の合間を縫って先に本屋へ向かっているらしい。

「お父様の仰《おっしゃ》ることをちゃんと聞いて、無事に帰ってくるのですよ」

優しげな声で子供達にしっかりと釘を刺す。

二人の兄は「はい」ときちんと返事をし、マリアローゼも遅れて「はい、お母様」と言った。

「……あら？」

マリアローゼの言葉にちょっと怪訝《けげん》そうに反応した後、悲しそうな表情を見せるミルリーリウム。

こてん、とマリアローゼが首を傾げると、その理由を口にした。

「おかあしゃま、じゃないのですね……？」

「正しい言葉をお話しするようにとイオニア先生に言われました。それにわたくし、もうレディですので」

礼儀作法の家庭教師であるイオニアは老齢だが優秀な女性で、王妃と前王妃の礼儀作法の講師も務めた猛者《もさ》だ。

灰色の髪をひっつめにして高く結い、眼鏡をかけた厳格な婦人だが、マリアローゼにとっては厳しくも優しいお婆ちゃんである。

今は教育する王子の婚約者や王室関係者がいないということで、フィロソフィ公爵家に講師として招かれていた。

空き時間には侍女長であるフィデーリス夫人と共に、屋敷に勤める使用人を鍛えている。

「もうすぐ六歳になりますし！」

ふんす、と鼻息も荒くドヤ顔を見せると、母は痛いくらいにマリアローゼを抱きしめた。

「女の子は成長が早いと言うけれど、駄目ですよ、まだどこへもお嫁には出しません」

豊かな胸をぎゅうぎゅうと押し付けられ、窒息しそうになりながら、母の背を小さな手でペチペチと叩く。

（……もし男なら幸せ死するのでは？）

「参りません。わたくしはお父様とお母様の側に一生おります。お嫁になんか参りません」

「まああ！」

パッと身体を放すと、嬉しそうにミルリーリウムが太陽顔負けの輝かんばかりの笑顔で言う。

「嬉しいわローゼ！　お母様とずっと一緒にいましょうね」

「はい」

ミルリーリウムはこっくりと頷くマリアローゼを今度は柔らかく抱き寄せて、頭に口づけを落とした。

小説の中では、お転婆な娘に対して注意やお小言が多い怖いイメージだったが、実際のミルリーリウムはどちらかというと甘えん坊で可憐な少女のようだ。

マリアローゼが母の細い腰にしがみつくと、頭に母が頬ずりしてくる。

兄達はと言えば、二人とも言葉にはしなかったが、嫁に行かない選択肢には賛成のようで、二人揃ってふんふんと満足そうに頷いている。

嬉しそうな二人を見ながらマリアローゼは心の中で語りかけた。

(私がお嫁に行かない分、お兄様達は結婚に追われることになるからね。もしかしたらヒロインに追いかけ回されるかもしれない)

優しくて可愛い定番のヒロインならいいけれど、ざまぁ対象になるような悪逆ｏｒ腹黒ｏｒ自分勝手なヒロインだったら、陰謀や嫌がらせや罠なども横行しそうだ。

(守ってあげられればいいけれど、ある程度鍛えないと難しいかもしれない。そうか、お兄様達の教育もしないといけないのね。むむむ)

マリアローゼが困っていると、扉が開かれた。

白髪をピシリと後ろに流した老齢の家令ケレスが、頭を下げつつ告げる。

「馬車のご用意が整いましたので、どうぞお越しください」

「ありがとう」

歌うように言って、ミルリーリウムはマリアローゼの手を取り立ち上がった。

馬車の乗り口まで歩くと、ランバートの手を借りて馬車に乗り込んだ母は、次にランバートに抱き上げられたマリアローゼを馬車の中で受け取って自分の隣に座らせた。

母娘の正面に兄二人が並んで座る。

ランバートが外からも馬車の扉の鍵をかけた後、御者台の方へ向かうと、馬車はゆっくりと動き出した。

マリアローゼの記憶が確かならば、この門の外に出るのは、王城に行った時くらいしかない。

お茶会などは主催者の家族か縁戚でもない限り、大体が七歳以上からの出席となる。

王国のお披露目式――デビュタントが十歳なので、その時に備えて七歳から少しずつ参加を増やしていくのだ。

その時が来れば外出も増えるかもしれないが、街へ行くことは許されないだろう。

紋章付きの馬車で招待された屋敷へ赴《おもむ》くことがあっても、単身街へ行くのは出来ない。

少なくとも王都では、そこまでの自由は許されていないはずだ。

(学生になる頃には、もう少し緩《ゆる》くなるかしら?)

流れる街並みをマリアローゼは食い入るように眺める。

昔から、車窓を見るのは好きだった。犬になってドライブに連れていってもらえたら幸せなんじゃないだろうか、と夢想するほどだ。

石畳と、石を使った家屋が立ち並ぶ街並みを通り、王城へ向かう大通りをしばらく行ったところで、馬車が停まった。

「降りますよ、ローゼ」

本屋には何度か来たことがあるのだろう、慣れたようにキースが手を差し伸べる。

「はい、お兄様」

差し出された掌《てのひら》に小さな手を重ね、馬車の扉までエスコートされた後、外で控えているランバートが扉の外からマリアローゼを抱き上げる。

キースとノアークが降りると、ランバートが片手で器用に馬車の扉の鍵をかけた。

窓からは母が優しい微笑を浮かべて手を振っている。

子供達は手を振り返して、馬車が動き出してから目の前の本屋に向かう。

(大きな建物だわ)

石造りのどっしりとした構えと、大きな硝子《ガラス》の窓。

窓の前には格子状の鉄の囲いがあり、売り出し中の新しい本が陳列されている。

「よくいらっしゃいました」

わざわざ店主が出迎えてくれた。

ふっくらとした体躯《たいく》に、小さな口ひげと人のいい笑顔の男性だ。

「公爵様は奥の部屋でお待ちです」

ランバートはそちらへ歩き出そうとするが、マリアローゼは抱き上げている彼の肩を叩いて引き止める。

「下ろしてください、ランバート」

小さな足をパタパタと動かすと、ランバートは少し間を置いて、マリアローゼを絨毯《じゅうたん》の上に下ろした。

「では旦那様をお連れしますので、お店から出られませんよう」

片膝をついて、マリアローゼのケープを直しながら静かに言う。

珍しい黒髪黒目の淡白な顔立ちで、涼しげな目をしているランバートの顔面偏差値はもちろん高い。

好みの顔なので、マリアローゼは少しどぎまぎしながら目を逸らす。

「本を選びに来たのだから、お店からは出ません」

言い訳して、目を付けた絵本の棚へと歩き出す。

ランバートはくすりと笑みを浮かべて立ち上がると、颯爽《さっそう》と店の奥へと歩き去った。

奥へ向かいかけていたキースとノアークも、足を止めて戻ってくる。

「僕達も本を選びましょうか」

「……選ぶ」

二人が言いながら、それぞれ興味のある本が収まっている本棚へと向かう。

マリアローゼはまず、絵本らしき本を手に取った。

頁《ページ》を捲《めく》ってみると、どう見ても子供向けではなかったのだが、綺麗な絵が多いので良しとする。

本が高価なこともあって、子供用の本はあまりないのだろう。

(内容は何でもいいのだけど、綺麗な絵本が欲しいのよね)

ひとまず美しい絵が施《ほどこ》された本を三冊ほど選ぶ。

ただ眺めるだけで綺麗なもの、というのは心を穏やかにするのだ。

それから、魔法に関する本と、昨日読みたいと思っていた最新の冒険譚を探す。

古い本なら公爵家の書庫にあるかもしれないので、最新の本を中心に探し、料理の本も手に取った。魔獣の生態図鑑も面白そうだ。

「面白そうな本だねえ」

突然、上から声が降ってくる。

見上げると、ジェラルドが優しく目を細めて笑っていた。

「はい」

マリアローゼも笑顔で返すと、脇に控えていたランバートがマリアローゼの抱えていた本を全て受け取って、店主へ手渡す。

身軽になったマリアローゼは、更にお宝を発掘するべく、最新の図書をよーく見回した。

世界の不思議な植物・改訂版。

宝石と宝飾。

紅茶の大百科。

各国のデザート図鑑。

さささっと目に付いたものをジェラルドに差し出すと、父はじっとそれらに目を落とす。

「最新か……どの程度違いがあるんだろうね？」

ランバートの横に控えている店主が、一歩前に出る。

そしてそれぞれの違いの説明をして、父がふむふむと頷く。

既存の本と新しい本の違いを淀みなく説明出来る店主はとても優秀のようだ。

（さすがは公爵家御用達《ごようたし》……！）

紅茶の大百科は家にあるもので十分だということで棚に戻され、他の本は買ってもいいことになった。マリアローゼは満足してニッコリする。

兄達も見繕《みつくろ》った本を父の裁定でより分けられて……はいなかった。

兄達は家で興味のある本をきちんと読み込んでいたので、そのまま許可されたのだ。この辺は歳の差なので仕方ない。

来年や再来年ならマリアローゼも家にある本を読み終えて、買いたい本を却下されることはないかもしれない。

(もっといっぱい選びたいけど、本の価値もお父様の懐《ふところ》具合もよく分からないし、どうしようかな……)

また本棚に目を向けたところで、マリアローゼは何だか胸がそわそわするのを感じた。

胸の中がざわめくような不快感が湧き上がる。

焦りに近いその気持ちは、急き立てられるような、何とも言えない緊張感に似ていた。

(誰かに呼ばれているような……)

導かれるままフラフラと扉に吸い寄せられていく。

「ローゼ?」

父の呼びかけに振り返ると、護衛騎士が二人扉の前に立ち塞がった。

マリアローゼはその二人の騎士を見上げて、懇願した。

「外に行きたいの。付いてきてくださる?」

逃げるわけではないことを理解した二人は、確認するようにマリアローゼの背後にいる主人の命令を待つ。

尋常ではないマリアローゼの様子に、ジェラルドは頷く。

「私も行こう」

二人の護衛が扉の前から退くと、マリアローゼは躊躇《ちゅうちょ》なく外へ出ていき、大通りを横切り、向かいの路地に入る。

いつの間にか小走りになっていた。

「お嬢様！」

制止するような声を振り切るように、マリアローゼは足を速めた。

遠くに見えた人影は、こちらに気づくと慌てたように散っていく。

そこには――

二つの小さな身体が横たわっていた。

片方が庇うように片方を抱きしめているが、二人とも大怪我をしている。

少し先に行けば貧民街に入るので、そこで暮らしているのだろうか。その二人もみすぼらしい格好をしていた。

「お父様、助けてください」

ドレスが汚れるのも構わず跪《ひざまず》くマリアローゼに、ジェラルドは首を横に振った。

「何故ここが分かったのか分からないが……ここでは日常茶飯事だ。助けていたらキリがない」

「でも」

（お父様の言うことは正しい。ここでは普通の出来事なのかもしれない。けれど――）

マリアローゼは倒れる二人に目を向けた。

薄汚れた髪も目も暗い色をした二人はどんな関係なのだろうか、しっかりとお互いを守ろうとしているようだ。

あり得ない方向へと折れ曲がった手も足も、力なく地面に放り出されているのに、ぴったりと寄り添っていた。

二人の目には諦観しかなく、暗く泥のように濁っている。

マリアローゼが二人の重ねられた手に手を添えると、微《かす》かな体温が伝わってきた。

「それに、もう助からないだろう。治癒師を呼びに行かせても時間がかかる」

父の声は近いのに、遠く隔絶されたかのような感覚に陥《おちい》る。

（もし、呼ばれていたのなら。私の力が必要とされて、私がこの子達を必要なのだとしたら。でも、確かにこんな酷い傷……）

庇い合う二人には無数の痣と傷がついていて、顔も身体も文字通り破壊されていた。

痛々しい傷からはまだ血が流れ続け、ドレスの裾は二人の身体から出た血で染まっている。

公爵邸の中にいては見ることのない光景、前世の記憶の中でも映画やニュース映像の中での出来事だ。

（関係がないから見捨てる？　もし見捨てれば、私は一生この光景を忘れられないわ。何もせずに手を放したことを絶対に後悔し続ける。魔法に目覚めたかもしれないのなら、試す価値はある）

この世界に蘇生魔法はない。

それは聖女が起こす奇跡だけなのだという。

傷を癒せるどんな大魔導師でも、喪《うしな》った身体の一部を元に戻すことは出来ない。

それは無から有は生み出せないという因果律があるからだ。

(でも、本当にそうかしら？)

水や光の属性には傷を癒す魔法がある。

ただし膨大な魔力を費《つい》やしたとしても蘇生するまでには至らない。

物質を魔力で生み出すことが出来ないように、生命そのものを魔力だけで生み出すことは出来ないのだろう。だが、同じものを分け与えるのだとしたら？

(命を贖《あがな》うには命を捧げるしかないのだわ。その理論が正しいのか、試してみるしかない)

マリアローゼは一瞬にして覚悟を決めた。

「神様……」

(マリクが私に魔力を流したように、私から相手に分け与えることは出来るかしら)

「わたくしの命を削ってもいいですから」

次の瞬間、何かが迸《ほとばし》るように身体の中から溢れてきた。

それは手を通して、二人に注がれていく。

「どうか、生きて……」

自分の言葉が遠くから聞こえてくるような、そんな感じがした。

そして視界が暗転する。

名前を呼ぶいくつもの声を耳にしながら、マリアローゼは小さな二人の横にゆっくりと倒れた。

(私、何度気を失うの。これ、病弱設定がつくやつじゃない？　もしかして気絶じゃなくて、死ぬやつかもしれない。お父様、お母様ごめんなさい。でも、見捨ててはおけなかったの)

●●●

「ご推察の通りです」と治癒師のマリクは静かに頷いた。

魔力切れ。

稀《まれ》に自身の魔力を他者に渡せる稀有《けう》な能力の持ち主もいるらしいが、残念ながらこの国にはいない。

いたとして、名乗り出る者はいないだろう。枯れ尽くすまで奴隷のようにこき使われる未来が想像に難《かた》くないからだ。

魔力を使い果たしたマリアローゼは、眠ることで回復するしかない。

マリアローゼの小さい手を握り、ジェラルドは傍《かたわ》らの椅子に腰掛ける。

手に付いた血は丁寧に拭《ぬぐ》われていて、元の白くて柔らかい手がそこにあった。時間が経てば必ず目が覚めると分かっているのに気が休まらない。

離れていたマリクが戻ってきて告げる。

「倒れていた子供達ですが、失血した血が戻れば元気になります。それに、ランバートの見た状況から察するに……」

一瞬口ごもったマリクに視線をやると、息を吐いて続けた。

「欠損していた指も完治しています。これは、知られると不味《まず》いかもしれません」

「聖女、か」

聖女と言われると、非常に名誉なものだと思われるだろう。

この世界には蘇生魔法が存在せず、聖女の奇跡だけがそれを行うことが出来ると言われている。

普通の魔法では何も出来ないような症状を和《やわ》らげたり、治すことも可能なのだ。

各国が手元に置きたがる能力である。

もし、平民や貧民であれば、その身分から抜け出す機会になり、上位貴族もしくはそれ以上の待遇を受けられるだろう。

ただし、ルクスリア神聖国に身柄を取り上げられるのだ。

たとえ他国の出身でも、聖女と認定された場合は聖女を保護するという名目で神聖国に連れていかれる。この大陸で唯一教と言ってもいい神聖教が聖女を確保することは、数百年前から暗黙の了解となっていた。

家族にすら自由に会うことは叶わず、神聖国と条約を交わしている国の王族やそれに連《つら》なる者の治癒に力を使うことになる。

他にも奇跡を起こす力を使うことがあるが、用途は様々だ。

古《いにしえ》の伝承には、地鳴りや噴火を鎮めたという眉唾物《まゆつばもの》に近い事柄も記されている。

そのために、聖女は結婚したとしても神聖国から出ることは許されない。

例外があるとすれば、稀《まれ》ではあるが複数人の聖女が降臨した時に、他国の王族の伴侶となった場合だけだ。

大事にされ持て囃《はや》されるが自由はない――それがこの世界の聖女である。

（……あれは魔力だった）

周囲にも漏れ出た魔力で、マリアローゼの髪がふわりふわりと天使の羽のように揺らいでいた。

そして、倒れた二人に手を添えたマリアローゼが光に包まれたのだ。

周囲に気を配る余裕はなかったが、貧民街との境目の路地だから人の目が全くないとは言い切れない。

それに大通りで馬車に乗せる時も、大勢に目撃されていただろう。

血に塗《まみ》れたドレスを見れば、噂にもなりかねない。

「は……はは……本物の天使か……」

乾いた笑いがジェラルドの口から力なく漏れる。

（手放したくない。妻のミルリーリウムも、私も望んでいた待望の娘だ。何より大切な宝なのだから）

時間を忘れて、小さく規則正しく呼吸するマリアローゼを見守り続けた。

執事達が気を遣ったのか子供達は部屋には来ず、気がつくと妻のミルリーリウムが隣に腰掛けている。

「ああ、リリィ……帰っていたのか」

今日は伯爵家のお茶会に呼ばれているからと出かけていた。

社交は公爵家の妻の大事な仕事だ。

「ええ。お話は伺《うかが》いましたわ」

真剣な顔でマリアローゼの顔を見つめるミルリーリウムは、何かを決意している顔をしている。

そして幼い手を握ったままのジェラルドの手に、そっと柔らかな手を重ねた。

「ねえ、貴方。わたくし、絶対にこの子を手放しませんわ。ローゼが自分から望む日まで、絶対に」

「ああ。奇遇だね。私も同じことを思っていたよ」

そう伝えながら傍《かたわ》らの妻の髪に口づける。

ミルリーリウムは、ふっと表情を和《やわ》らげて泣き笑いを浮かべた。

「この子ときたらね、おかしいのよ。一生お側にいますって言うの。わたくしと貴方の側に……今朝、そう言っていたの……可愛いわたくし達のローゼ」

「君も子供達も私が守るよ」

空いた方の手で、細い肩を抱き寄せながらジェラルドは改めて妻に誓いを立てた。

●
●
●

誰かが泣く声がする。

(妹？　死んだ姉を見つけるのは本当にショックだし、悲しいよね。ごめんね。何もしてあげられなかったけど、貯金は使っていいからね。元気で生きるんだよ)

その時、微《かす》かに女性の声に混じって、男性の声が聞こえた気がした。

(男の人の呼ぶ声？　……あれ？　じゃあお父様？　お母様？)

目を開けると、青い顔をした父母と兄達に囲まれていた。

「ローゼェェ」

枕元で絶叫されて、うるさいとごめんなさいで心の中が滅茶苦茶になる。

何があったのかしばし分からず、マリアローゼは記憶を反芻《はんすう》して……最後の記憶に思い当たった。

「あの子達は……」

「治癒師の部屋にいるよ！　助かったから、何も心配するな」

「それよりも貴女が心配よ！　もう……もうお外には出しません～～!!」

今回のマリアローゼは三日間、寝込んでいた。

父も母も兄達も交代で詰めかけてきていて、たまたま全員揃った瞬間に目覚めたという神タイミングだった。

眠っているだけ、魔力枯渇、ということは分かっていたらしいのだが、続けざまの眠り姫では過保護な親の心臓ももたないというものだ。

母の叫びにも、反論出来る気がしない。

（本屋も外も楽しかったけど、仕方がないよね……我侭《わがまま》を通した上に倒れたのだから、しばらく大人しくしていよう）

三日も食べていなかったマリアローゼの身体はスープくらいしか受け付けなかった。結局、されるがままに世話をされて、最終的には父と母のベッドで二人に抱きしめられて眠ったのだった。

「まだ、会わせてもらえないのですか？」

絶対安静から二日経ち、マリアローゼは軽食を食べられるようになったものの、助けた子供達に会うことは出来ていない。

自分が本当に助けたのか覚えてはいないが、あの場にいた父がそう言っているのだからそうなのだろう。

そして、それは秘密にしなくてはならないこと、力の制御のために近々魔法の授業を受けられることを、父は丁寧に説明してくれた。

「彼らもまだ治ったわけじゃないですからね。血と栄養は魔力では贖《あがな》えないんですよ」

マリアローゼの診察に来ていたマリクが苦笑する。

「そもそも、生命維持ぎりぎりまで回復出来たのは奇跡なんです」

奇跡というのは単なる表現ではなく、聖女だけが行える唯一の蘇生魔法に近いことが起きたことをも指している。他者に知られて大騒ぎされたくはないので、緘口令《かんこうれい》が敷かれていてほっとした。

（見ていたのは身内だけだったと思うけど、バレたらまずそうだもんね）

それほどまでに蘇生魔法は世界を揺るがす存在なのだ。

また、未だこの世界に未踏破のダンジョンや未開の地があるのは、蘇生魔法がないことが理由でもあった。命を喪《うしな》う可能性を考えると、踏み込むことを躊躇《ちゅうちょ》してしまうからだった。

そうすると極力命を惜しんで安全に開拓することになるのだが、時間がかなりかかる。

病気も治癒魔法だけでは治せないし、そもそもの治癒師の数も限られている。

治癒師の能力があるにもかかわらず命を危険に晒《さら》して一攫千金《いっかくせんきん》を狙う冒険者になる者は、更に少ないと言ってもいい。

第一、治癒師は国に優遇されるために、危険な冒険をする必要がないのだ。

王侯貴族や大手のギルド、神殿等々引く手数多《あまた》といったところでる。

「栄養のある食事をさせていれば良くなりますわね？」

「ええ、良くなりますよ」

マリアローゼが確認をすると、思った返事がもらえてほっと胸を撫で下ろす。

そして、いつの間にやら増えた贈り物に目をやる。

（これは一体どうしたものかしら。本格的にお騒がせ病弱令嬢が出来上がりつつあるのでは？）

マリアローゼは首を捻《ひね》る。

社交シーズンということもあり、母はずっとお茶会へ足繁《あししげ》く通っていたのだが、五日前のあの事件で中座してからというものの、参加を見合わせている。

マリアローゼが重篤なのではないかという噂が噂を呼び……王子からの花だけでなく、多方面からお見舞いの品が届いているのだという。

もちろん、「愛されちゃう悪役令嬢」宛てにではない。

眉目秀麗《びもくしゅうれい》で優秀な宰相である父と、王国の薔薇《ばら》とも言われ、淑女の鑑《かがみ》とされる母のご機嫌伺《うかが》いだ。

将を射んとすれば、まず馬から。子馬のマリアローゼを狙い打ちにしているだけなのだ。

(お礼の手紙を書かなくてはいけないわね。でも、腱鞘炎になったらどうしてくれるの)

「お見舞いへのお返事が大変だわ……」

「あら、大丈夫よ？」

マリアローゼの悲壮な呟《つぶや》きに、マリクと入れ替わりに部屋に来た母があっけらかんと言う。

「貴女は、今安静にしなくてはいけないのだもの。母様が代わりにお礼状を出しておきます」

「まあ、ありがとう存じます、お母様」

苦行から解放されることを知り、マリアローゼはぱああ、と笑顔を向ける。

(まあ、確かに先方からすれば、その方がありがたいよね。というより、そちらが狙いなのだし)

「でも、アルベルト殿下には、そろそろ貴女が手紙を書かなくてはならないわね」

「はい……」

(お父様が今まで返していたらしいけど、お母様も知っていらしたのね)

マリアローゼはミルリーリウムを見上げて力なく頷く。

(大体何故十日以上も花を贈ってくるの)

王城で転び、魔力切れで寝込み、更に外出先でもまた倒れ……と病弱ムーヴをかましてしまったマリアローゼの責任でもあるのだが、どうしても愚痴りたくなってしまう。

「公費の無駄遣いではありませんの……？」

思わず口に出してしまって、マリアローゼは慌てた。正論とはいえ、不敬な言い分である。

「まあ！」

母は目を丸くして驚いた。

「ローゼはなんて賢いのでしょう」

マリアローゼは母に優しくぎゅっと抱きしめられる。

(窘《たしな》められるかと思ったけど、逆に褒められてしまった)

「お花は嬉しいですけれど、わたくしから辞退申し上げておきます」

ふふ、とミルリーリウムが少女のように笑って続ける。

「殿方はね、気になる女性に贈り物をしてしまうものよ」

「お母様は、お父様にたくさんいただいたのですか？」

マリアローゼはつい聞いてしまった。

一瞬で母の瞳がキラキラと輝き、頬が薔薇《ばら》色に染まる。

やっちまったのである。

その後、夕食までノンストップで惚気話《のろけばなし》をされたのは言うまでもない。

女子とは恋バナが大好きな生き物なのだ。

母の申し出に父が頷き、ようやく次の日にマリアローゼはアルベルトへの手紙を書き始めた。

公爵家の家紋が型押しされた便箋《びんせん》に、香水を纏《まと》わせるのだ。空中に散布した香水に紙を潜《くぐ》らせて、微《かす》かに香る程度に含ませた。

内容は時候の挨拶《あいさつ》から始まり、今までの非礼のお詫びとお礼。

次に、元気になったからもう花を贈ってくるなよ、という遠まわしの辞退。

さすがに公費の無駄遣いについては触れられないので、公爵家の庭には季節の花が咲いているから、それで十分ですと付け足す。

(出来は悪くないかな……もう少し綺麗に書けるといいんだけど)

読み書きにも英才教育を施《ほどこ》してもらっているおかげで、まだ筆致が安定していない部分もあるけど、悪くはない。

ふんす、と胸を張って、傍《かたわ》らでチラチラとこちらを盗み見つつ刺繍《ししゅう》をしていた母に手紙を渡した。

中身を確認してもらわねばならない。

母は嬉しそうに受け取ると、手紙に目を滑らせた。

「まあ、よく書けているわ」

笑顔を向けられて、マリアローゼはいい気になっていた。

とてつもなく大きな落とし穴を掘ったことに気づかずに。

手紙を城へ届けた、その日の晩餐《ばんさん》の後である。

「えっ？　それは……何故でしょうか……」

マリアローゼの口から絶望的な、弱々しい声が漏れる。

父も苦虫を噛み潰して更に味わっているような、それはそれは苦い顔をしていた。

「君の回復を自分の目で確かめて、お誘いにも応えたいそうだ」

なんと第一王子の電撃訪問のお知らせだった。

王妃と、ついでに第二王子も一緒らしい。

「お誘い……とは？」

誘ったつもりなど毛頭ない。

悲壮感に打ちひしがれながらジェラルドの顔を見ると、目を逸らされた。

その視線の先を追うと、ニコニコした母がいる。

「わたくしもたまにはお姉様とお話がしたかったもので。大丈夫ですよ、婚約という展開にはなりませんから」

ミルリーリウムは手紙の内容を精査した上で、〝お誘いの言葉〟をそのままにした理由を口にした。

父が逆らえない〝婚約はしないという確約〟を付けて。

(お母様は分かっていて注意してくれなかったの……？　意外な方向でお墨付きをいただいたけど、解せぬ)

難しい顔をしているマリアローゼの頭に、父が優しく手を置いた。

そして文面の何が悪かったのかを静かに解説する。

「〝公爵家に咲く季節の花〟に触れた文面では、庭を見に来いと取られても仕方がない」

「穿《うが》った見方をするなら、季節の花だけじゃなくて」

「マリアローゼという花を見に来てっていう風に取られるかも？」

双子の兄が、父の言葉に続けてにこにこと無邪気な笑顔を見せながら茶化す。

意地悪な双子はこういう時には頭の回転が速い。

(ハァァァ⁉　凡ミスもいいところだわ。社交辞令など書いてる場合じゃなかった。自分の迂闊《うかつ》さを呪いたい)

「お兄様達、王子様に悪戯《いたずら》する機会では？」

ジト目で双子を見ると、ピコーン！　と閃《ひらめ》いたみたいな顔をするが、父が二人の頭を掴《つか》んだ。

「当日は大人しくさせておこう」

(しまった！　また墓穴を掘ってしまった。父の前で言うんじゃなかった)

何とか王子を遠ざけたいのに、これでは元の木阿弥《もくあみ》である。

「せっかく元気になれましたのに……また病気になってしまいそう……」

病弱ムーブで呟《つぶや》くと、父はうっと言葉に詰まったが、母が横から助け船を出す。

「本当に大丈夫よ。お姉様もローゼが可愛くて仕方ないのだもの。婚約を持ち出したら二度と会わせませんと言ったら、退いてくれたわ」

マリアローゼは動きを止めて、ほんわりと微笑む母を見た。

(何その話、聞いてない。いつの間にそんなことになったんだろう。お母様の対応が早すぎる。でも……手回しのいい母親に恵まれて良かった。これで公的なルートでの婚約の申込みは当分ないわね！)

「分かりました、お母様」

安心したマリアローゼは、嬉しそうな微笑をミルリーリウムに向けた。

(お母様も、城ではなくて我が家でのんびりと姉妹で話せるのが嬉しいのね)

ちょっぴりはしゃいでいる母を見るのは、マリアローゼも嬉しい。

シルヴァインが笑顔で付け足す。

「いざとなったら俺が追い払ってあげるよ、ローゼ」

(頼もしい！)

ちょっと感激して、「お兄様……」と言うと、キースとノアークも続けた。

「害虫駆除なら任せてください」

「……倒す」

(だんだん物騒な話になってきたぞ？　国家転覆を狙っているわけじゃないです)

「それは……お気持ちだけいただいておきます。ありがとう、お兄様達」

電撃訪問まであと三日。

通常なら王家の訪問については数ヶ月前には予定に組み込まれる。宴席を用意する貴族にも準備期間というものがあるからだ。

だが、我が屋敷は上を下への大騒ぎ、とはならなかった。常日頃から邸《やしき》を快適に保ち、優秀な使用人達が数多く働いているからだ。

驚くほど静かな日常で、変化といえば、母がまた他家が主催するお茶会へ出席し始めたことと、父が晩餐《ばんさん》の時間まで激務に身を投じていることだけだ。

マリアローゼが倒れてからというもの、三日間は家で仕事をしていたとか。

大変申し訳ないことをしてしまったので、マリアローゼも粛々と授業に精を出していた。

おかげ様で教師陣からの評価も上々だ。

(出来るだけ粗相のないように、そして目立たないようにしなくては)

マリアローゼは改めて決意しながら、三日間、礼儀作法の授業に力を注いだのだった。

第三章　王妃様とのお茶会

王妃一行電撃訪問の日がやってきた。

慌《あわ》ただしくはなかったものの、前日に庭師が綺麗に整えてくれた庭には真新しい天幕とテーブルセットが置かれている。

王妃と公爵夫人姉妹の歓談用に誂《あつら》えた場所で、薄絹が視界を塞がない程度に支柱から垂れていて、上品ながら豪華に見えるデザインだ。

テーブルセットも新しいものを注文したらしく、ピカピカツヤツヤしている。

どっしりとした白地にマーブル模様の入った大理石を使ったテーブルと、繊細な飾りが施《ほどこ》され磨き上げられた同系色の白木の椅子だ。

ちなみに、最近マリアローゼの見舞いがてらミルリーリウムが刺繍《ししゅう》していたのは、背凭《せもた》れに置くクッションのカバーだったらしい。

家族全員と、家令や執事など公爵家に仕える人間がズラッと立ち並び、王妃達の到着を待つ。

先触れの伝令が到着し、続いて警護の騎士達が見え始め、やっと王妃と王子の乗った馬車が邸内に入ってきた。

王家の正式な訪問でないということを表すためか、馬車に付いている家紋は王妃の実家であるフォルティス公爵家のものだ。

侍従に手を取られて馬車から降りてくるのは、王国の薔薇《ばら》と称される一人、カメリア王妃。

三人の子を産んでいるが未だ美貌は健在で、可憐で儚《はかな》げなミルリーリウムとは正反対の、見る者を圧倒するような煌《きら》びやかな美しさだ。

赤薔薇《ばら》という二つ名に相応《ふさわ》しく、王妃は嫣然《えんぜん》と微笑みを浮かべていた。

続いて二人の王子が馬車から降りてくる。

金髪の眉目秀麗《びもくしゅうれい》完璧王子であるアルベルト第一王子は、優しくて模範的な微笑を浮かべた。

銀髪の小悪党な悪役王子とも言うべきロランド第二王子は、ツンと横を向いている。

二人の王子を背にして、柔らかくも威厳のある声で王妃が話し出す。

「お招きありがとう」

「よくお出でなさいました、お姉様」

王妃と公爵夫人ではなく、姉妹二人の間と示す略式挨拶《あいさつ》が終わると、王妃はひらひらと軽く扇を振った。

「堅苦しい挨拶《あいさつ》は抜きにして、お庭でお茶を致しましょう」

そうして二人は仲良く腕を組み、庭の方へと歩いていく。

家族全員が並んで順番に挨拶《あいさつ》する予定だったが、立ったままの仰々《ぎょうぎょう》しい挨拶《あいさつ》は王妃の一言で抜きとなった。

王妃とミルリーリウムに続いて王子達が庭へと歩いていく。

きょとんとしたマリアローゼは笑顔のシルヴァインに手を引かれ、反対側の手はキースと繋《つな》ぎ庭へ連れていかれた。

「ローゼ、こちらにいらっしゃい」

天幕の下に腰掛けた王妃と隣に座った母から手招きされて、マリアローゼは兄達の手を放して、とてとてと歩いていく。

王子達は兄達と天幕の外に留《とど》まっていた。

「フィロソフィ公爵家が末娘、マリアローゼにございます」

堅苦しいのはなし、と言われたので単純に名前と出自だけの紹介で、ふわりとスカートを摘《つま》みちょこんと膝を折り曲げる。

「まあ、まああ……なんて可愛らしいのかしら……！」

興奮したように王妃が隣の母の腕を掴《つか》んだ。

「まるで貴女の小さい頃を見ているようだわ。もっとこちらにいらっしゃい」

艶《つや》やかな美貌なのに、少女らしいところがあって、何ともキュートな人だ。

気の置けない妹であるミルリーリウムといるから余計にはしゃいでいて、そう見えるのだろう。

前回王城に行った時は、王妃と母は離れたところで歓談していたので、きちんと会ったのはこれが初めてだった。

「ああ……赤ちゃんの頃も可愛かったけれど、今も変わらず可愛いこと……」

ふにふにとほっぺを撫でられて、くすぐったくて思わずマリアローゼは首を竦《すく》めて笑ってしまう。

その仕草が余計に可愛らしく映ったのか、カメリア王妃も笑みを深めた。

「羨ましいわ……わたくしも娘が欲しかった」

「ふふ。ドレスを選ぶのがとても楽しいですわよ。もう一人頑張ってみるのはいかがですか？」

「三人も息子がいれば、もう十分。公務も滞《とどこお》るし、大変なのよ」

（確かに大変そう）

王族は日々予定が詰め込まれていると、父が言っていたことがある。

思いつく限りでも、謁見に公務にお茶会という社交……それも国内だけではないのだから、忙しさは公爵夫人である母よりも厳しいと想像がつく。

弱音を吐く時間すらなさそうなのに、それを見せずに強く咲き誇る薔薇《ばら》のような女性。

（何か癒しになるといいのだけれど……）

マリアローゼは考えて、ふと思いついたことを言葉にした。

「では、可愛いものを見つけたら、わたくしが一番に伯母上様に差し上げます」

「本当に……？」

問いかけにこくこくと頷くマリアローゼを見て、母と王妃が顔を見合わせて、ふふっと笑い合う。

（買い物をする機会はなかなかないだろうけど、二人にはお揃いの小物を差し上げよう）

マリアローゼも一緒にふふっと笑った。

幼い少女の言動に癒されたのか、王妃は目を細めて微笑む。

「嬉しいわ。なんていい日なのかしら。息子達抜きでいいから、お城へも遊びにいらっしゃいね」

「はい。伯母上さまに会いに参ります」

（むしろ、抜きでお願いしたい）

笑顔でしっかりと頷きつつ、本音は封をして閉じ込めておく。

「絶対よ。約束しましたからね？」

頭を撫でながら笑顔で言われて、マリアローゼはにこやかに頷く。

ふと兄達はどうしているだろうと、庭に視線を投げると、王子達と何やら話をしているようだ。

「ローゼもご挨拶《あいさつ》してらっしゃい」

母が、見計らったように声をかけてきたので、マリアローゼは辞去の挨拶《あいさつ》をして、王子と兄達が話している方へと向かった。


主に長兄のシルヴァインと第一王子のアルベルトが話しているようだ。

ちなみに当然のことながら、父の言ったように双子の兄達は回収済みだった。

近づくマリアローゼに気づいて、アルベルトがふわりと王子スマイルを見せる。

（戦闘力が高そうな笑みですね！）

一瞬怯《ひる》みそうになるも、マリアローゼは歩を進めた。

並みの令嬢なら一発で恋に落ちるのかもしれないが、マリアローゼは常にイケメンに囲まれているスーパー幼女なので簡単に負けはしない。

「やあ、やっと会えたね」

「先日は失礼致しました。おかげ様ですっかり良くなりました」

スカートを摘《つま》んで、膝を少しだけ折って挨拶《あいさつ》をする。

そして、アルベルトの横で所在なげにしていた、ちょっと意地悪そうな第二王子に向けても挨拶《あいさつ》をした。

「お初にお目にかかります。フィロソフィ公爵家が末娘、マリアローゼにございます」

「アウァリティア王国、第二王子、ロランド・ルクス」

第二王子はマリアローゼの挨拶《あいさつ》から目を逸らしつつ、ぶっきらぼうにそれだけを言う。

(この子は拗《こじ》らせている)

銀髪のストレートの髪が耳の上で切り揃えられている、いかにもな美少年だ。

同じ歳なのに攻略対象者ではなく、かといってお邪魔虫にもなり切れない、あまり印象にも残らないキャラクターだったのだが、見た目は全然悪くないし、何ならちょっといじめたくなる気持ちにさせられる。

(今は純正なツンの美少年だわ……でも、見ている分にはばっち来いだけど、実生活に持ち込みたくはない……)

前世の邪《よこしま》な記憶を振り払うように、マリアローゼは微笑を向けた。

「お兄様、庭園のご案内は致しまして？」

シルヴァインに聞くと、彼は首を横に振った。

「まだ何も。俺は母上達のところから何か食べ物をもらってくるから、先に案内して差し上げてくれ」

「承知致しました。わたくし、パイが食べたいです」

注文をつけると、シルヴァインはハハハと豪快に笑って天幕へと走って向かった。

アルベルトはニコニコと王子スマイルを向け、ロランドは相変わらず顔を逸らして、マリアローゼを見ないようにしている。

対照的な兄弟だ。

「では、ご案内致しますね」

全員で今を盛りと花々が咲き誇っている花園へ足を踏み入れる。

王都にある邸宅にしては庭がかなり広いので、植えられている花々の品種も様々だ。

花の大まかな説明はキースが請け負ってくれた。

まだ勉強中なので、とてもマリアローゼでは説明し切れない。

しばらく歩くと、花壇と花の茂みが途絶えて、正面に噴水が現れる。

それを囲むように木製の長椅子が置かれていた。

「ここで一休み致しましょう」

キースが長椅子を手で示したので、遠慮なくマリアローゼが腰掛けると、両隣をキースとノアークがささっと陣取った。

(鉄壁の防御だわ)

それを見て、アルベルトはくすっと笑い、ロランドはフン、と鼻を鳴らして横を向く。

(あらまあ、反応も対照的)

そこへ、シルヴァインが走って戻ってきた。

手には食べ物が入った籠《かご》を持っている。

「ローゼはパイだったな」

言いながら、中から掴《つか》んだパイをマリアローゼに手渡す。

そして弟や王子達に何かしらの菓子を手渡して、シルヴァインはマリアローゼの目の前に立ったままモグモグ食べ始めた。

王族に尻を向けて、家族を囲むとはいい度胸である。

「お兄様、お行儀が悪い」

ジト目でマリアローゼが言うと、嬉しそうにハハハッと笑う。

「街では、食べながら歩く人もいるんだぞ。止まっているだけ俺の方が行儀いい」

「まあ!」

(街に出かけてるの？　是非詳しくお聞きしたい)

行儀の良し悪しよりも街の方が気になる五歳児なのである。

マリアローゼの気持ちを汲み取ってくれたのか、アルベルトが代わりに質問をしてくれた。

「シルヴァインはよく街へ出かけているのですか？」

「社会見学、というやつです。ご内密に」

(お父様の許可を得ているのかいないのか、そこが問題なのだけど、それはまた後で聞いてみるし

かなさそう）

マリアローゼも街へは行きたいけれど、この前のことがあっては当分無理そうなので、少し肩を落とした。

（でもパイは美味《おい》しい）

さくさくの歯ざわりと、クリームのなめらかな舌触り。バターの旨《うま》みと、クリームの程良い甘み。

このパイのクリームは、前世でも好きだったカスタードクリームに似ている。

「ローゼ、ついてるぞ」

シルヴァインの少年の割に武骨な手が、マリアローゼの口元についていたパイの欠片《かけら》をひょいっと掬《すく》い取る。

そしてそれをぺろりと食べた。

（何してんの。何してくれやがったの！）

マリアローゼがあまりのことに固まっていると、アルベルトから声がかかった。

「君達兄妹は本当に仲がいいね」

くすくすと笑いながらそう言う完璧王子は、お腹に何を抱えているかも分からない。

（刺激をするようなことは控えてほしい!!）

マリアローゼは口に入ったものをごくん、と呑み込んで、何でもないことのように言う。

「家族みんな、仲良しですのよ」

兄と妹だけじゃないぞ、とあえて枠を広げる。

兄と妹のいけない妄想はやめろよ、という意味を込めて。

そのくらい、シルヴァインの行動は兄妹でも貴族としてあり得ない出来事だったのである。

(もちろんだけど、小説の中にこんな展開はなかったわ。そもそも王妃殿下がお茶しに来る予定なんてなかったし)

もはや人物紹介くらいしか役に立っていないので、何の助けにもならない。

(でも、今のところ興味を引くような人物ではないわよね。何もしていないし、手紙も自分からは一通しか返していないもの)

兄達の雑談を聞きながら、「私は空気」と心の中で繰り返してマリアローゼは気配を消す。

すると、ずっと態度の良くないロランドが口を開いた。

「何故栄えある王族の訪問に、無能者が同席しているんだ」

いきなり魔法を使えない者をこき下ろす言葉を言い出したのは、自分はシルヴァインとアルベルトの話に付いていけなかったのに、キースとノアークは理解していたからだろうか？

あからさまに魔法を使えないノアークだけを狙い打ちにした暴言である。

(あ、もしかして、これイベントってやつなのかな)

学園生活が始まってからのことになるが、ノアークが魔法を未だ使えないと知って暴言を吐いたロランドを、ヒロイン達が真正面から言い負かすみたいな出来事があった。だが、その出来事の後もロランドの性根は腐ったままだった。

ロランドとは、小説では幼い頃に顔を合わせたことはないはずだが、急遽《きゅうきょ》その機会が訪れたために予定が繰り上がったのかもしれない。

（女に言われるだけで悔しさが募って、ますます兄に劣等感を抱き、兄の想い人になるヒロインだったり悪役令嬢が標的になるやつ。めんどくさいパターンだ）

言われたノアークは一瞬表情を凍らせて、今はしゅん、としている。

シルヴァインとキースは冷たい目をロランドに向けただけで何も言わない。

二人とも、相手が王族だからと尻込みする性格ではない。

だが、これから社交界へ出ていくノアークを思ってか、自分で対処出来るようにと見守っているのだろう。

マリアローゼは拳《こぶし》をきゅっと握った。

（ボコりたい）

アルベルトともロランドとも関わりたくはない、だが、傍《かたわ》らでどよんと沈んだ顔をしているノアークを見過ごす選択は、マリアローゼにはなかった。

言い返す気配のないノアークに自信をつけさせて、いつか対処出来るようにサポートはするが、今は今だ。

マリアローゼは静かに微笑を浮かべる。

「わたくし、ノアークお兄様を愛しておりますの」

突然の言葉に、さすがに窘《たしな》めようとしていたアルベルトと、暴言を吐いた張本人であるロランドが口をぽかんと開けた。

「魔法が使えなくても、ノアークお兄様はシルヴァインお兄様と同じくらい剣がお強いの。でもわたくし、剣と魔法の才能がなくってもいいんですのよ。わたくしが辛い時には、ずっと側にいてくださるのです。寡黙でいらっしゃるから、一人でいたいと思った時でも、ノアークお兄様なら側にいてほしい。何も仰《おっしゃ》らなくても、優しい気持ちが伝わってきますの。ですから、どうか、わたくしの大切なお兄様を悪く仰《おっしゃ》らないで？」

マリアローゼはにっこりと微笑む。

これは命令でも押し付けでもなく、幼女の可憐なお願いだ。泣いたりはしない。

（この手の輩《やから》は罪悪感から、涙に猛反発したりするクソなのよね。女は面倒くさい、泣けばいいと思っている、とか言い出すやつ）

自分の至らなさを、他者を攻撃することで誤魔化すように。

そんな輩《やから》を一時的に言い負かしたところで意味がない。

（泣いても怒っても届かないのなら、笑顔を武器にするまで！）

マリアローゼに微笑まれて、ぽかん、としたままロランドは立っている。

「わ、かった……」

一瞬、怯《ひる》んだように唇を噛み締めたが、一言だけ口にしてロランドは黙り込んだ。

（よしきた！　言質《げんち》取ったわよ！　笑顔は武器、と言うけど本当ね）

「分かっていただけて嬉しいです。ロランド様」

更に笑顔をぶつけておく。笑顔は無料なので、使える時に使っておく。前世でもスマイルは０円で売っていた。

沈んでいたノアークを気遣うように見ると、もくもくと湯気が出そうなほど顔を真っ赤にしている。

マリアローゼと目が合うと、とうとう両手で顔を覆ってしまった。

(恥ずかしいよね、辱《はずかし》めてごめんなさい。褒められ慣れてないと、本当に居心地悪いもの。どこかの穴に埋まりたくなるよね……)

同情したマリアローゼは、顔を手で覆うノアークの髪を優しく撫でた。

(でも。可愛いんですけど？　お兄様が可愛いんですけど？　ご飯山盛り三杯はいけそう)

すると、反対側にいたキースが暗い顔で言ってきた。

「僕も喋《しゃべ》らないので、側に置いてほしい……」

いつもきっちり正しい敬語を使っているのに、それさえ崩れてしまっている。

(え？　何を言い出してるの？　違うでしょ、ロランドへの牽制なのに、何で張り合ってるの)

とはいえ、死人か？　と言いたくなるような悲壮な顔色の兄を放ってはおけない。マリアローゼは慌ててフォローした。

「キースお兄様は、ローゼの知らないことをたくさん知っていて、それを教えてくださるところがとっても素敵です。お話をたくさんお聞きしたいので、どうか喋《しゃべ》ってくださいませ……」

キースはぱああ、と顔を輝かせて、クールイケメン枠からはみ出しそうになっている。

(キースお兄様も可愛い。これぞ、両手に花ね)

「俺も俺も」

目の前に立っていたシルヴァインも膝に手を置いて身を屈《かが》めると、目線を合わせてニコニコしてくる。

「シルヴァインお兄様は、何でも出来てかっこいいですけれど、少しは人の話を聞いてくださいませ」

マリアローゼはぷいっと顔を横に逸らした。

最後は何だか注意になってしまったが、本当にそう思っているので仕方ない。そこが唯一の欠点と言ってもいいだろう。

話を逸らすのがうまいと言うか、丸め込むのがうまいと言うか、爽《さわ》やかににこやかに逃げ道を塞いでくるタイプなのだ。

そしてやりたいことを貫き通す強引さもある。

「ローゼの話は聞いてるじゃないか」

そのままニコニコと返すので、マリアローゼは仕方なく返した。

「はい。ローゼは嬉しゅうございます」

シルヴァインはふふっと楽しげに笑って、マリアローゼをひょいっと抱き上げた。

まだ十一歳なのに、シルヴァインは普通の大人と変わらないくらいの体格をしている。

「そろそろ戻ろうか。お姫様もお休みの時間だ」

そう言って、先陣を切って歩いていく。

お休みの時間、と言われただけで釣られるように欠伸《あくび》が出そうになって、マリアローゼはふあむ……と欠伸《あくび》を噛み殺した。

花々と緑のアーチを抜け、心地よい揺れに身を任せている間に、お腹が満ちているマリアローゼはいつの間にか眠ってしまった。

王妃カメリアの訪問も滞《とどこお》りなく終わり、屋敷では元の平穏な毎日が続いていた。

あれから変わったことと言えば、ロランドから手紙が届くようになったことだ。

色恋に関することではないし、その要素も感じないけれど、手紙を書く練習相手にはちょうどいい、と割り切ってマリアローゼは返事をしている。

おすすめの本を教えたり、魔法より剣だとか、男は筋肉とか、後半は趣味の話になってしまったが、何かで筋肉は全てを解決すると読んだので、筋肉へ全てを丸投げしたような形だ。

もちろん手紙の内容は、全て父ジェラルドが検閲済みである。

ある日の晩餐《ばんさん》の後、マリアローゼは父の書斎へと呼ばれた。

いつもはマリアローゼの私室へ来るばかりだったので、これは初めてのことだ。

ということは、公爵家に関わるきちんとした用件なのだろう。

「よく来たね、ローゼ。掛けなさい」

「失礼致します」

大きな執務用の机の前に置かれた来客用の長椅子に、促《うなが》されるまま腰を落ち着ける。

（ふかふか。なのに柔らかすぎない、心地よい座り心地。これは良いソファだ）

ソファの感触を楽しむマリアローゼに、ジェラルドは厳しい家長の顔で問いかけた。

「さて、君の助けたあの姉弟だが、大分回復してきている。それで……君はどうするつもりだい？」

「はい、お父様。わたくしの侍女と侍従にします」

これは魔力切れの後に目覚めてからきちんと考えて、用意していた答えだ。

元々、誰とも繋《つな》がりのない、まっさらな人材が欲しかったのもある。

（本人達の了承を得られれば、だけど）

「身分も低い、出自も分からない子供達を？」

「はい。わたくしが助けたのですから、過去は全てないものとして不問に致します。信頼はこれから築いて参ります。何のしがらみもない人だから良いのですわ」

「君は本当に五歳だろうか……」

突然の父の言葉に、「へ？」と間抜けな声が漏れてしまう。

熱弁を奮《ふる》いすぎて、明後日の方向に疑いを持たれてしまったようだ。

すると、父の傍《かたわ》らに立つランバートがプッと噴き出した。

そのままランバートは姿勢正しくクルリと窓際を向き、笑いを堪えるように肩を震わせている。

「失礼だぞ、ランバート」

「お嬢様は、本当に旦那様に似ておいでです……」

くるりとこちらに向き直って、いつものしゃんと背筋を伸ばした姿勢で、マリアローゼに優しい眼差しを向ける。

気がつけばマリアローゼの発した間抜けな声と、五歳児かという話題からジェラルドの意識がすっかり逸らされていた。

出来る執事は違うのである。

「それでは身分が低く、出自も分からない私が最高の教育を施《ほどこ》しましょう」

「分かったよ、私の負けだ。ランバートを味方に付けられたら、勝ち目がないじゃないか」

まるで少年のように口を尖らせる父は、それでも愉快そうに笑み崩れる。

こんなに執事としても侍従としても完璧なランバートが、助けた子供達と元は同じような存在で、父もマリアローゼと同じことをしていたのには驚かされた。

マリアローゼはありがたい申し出にこくこくと大きく頷く。

「ただし、お嬢様。彼らにその能力がなければ、諦めていただきます。私も鋭意努力致しますが、彼らのたゆまぬ努力と素養がなければ認められません」

「分かりました。ランバート、お願い致しますね」

「御意にございます」

父に対する、フィロソフィ公爵家に対する、絶対的な忠誠があるからこそ、見合わない者は排除すると宣言したのだ。

マリアローゼが反対出来ることではない。

だが、最高の教師であり、最高の審美眼を持ったランバートなら、たとえ彼のお眼鏡に適《かな》わなくても、屋敷で問題なく働けるくらいには育ててくれるだろう。

（本当の意味であの子達は救われるのだわ）


しばらく日が経ち、ようやくマリクから面会の許可が下りた。

マリアローゼが助けた年子の姉弟である。

部屋へと案内されてきた二人は、すっかり見違えるように健康的になっていた。

汚れを落とされた髪は、烏《からす》の濡羽色と思わせるほど見事な黒髪で、ボサボサだった髪型も綺麗に整えられている。

肌は少し浅黒いが、頬にも歳相応の膨らみが戻って、初めて見た時よりも幼く映った。

瞳は暗い色で分かりにくいものの、左右の目の色が若干違うようだ。

二人とも、というのは珍しい。

「助けてくださって、感謝致します」

二人がぺこりと深く頭を下げた。

「顔を上げて？　二人とも元気そうで嬉しいです」

二人は顔を上げて、しばらく居心地悪そうにもじもじしていたが、意を決したかのように姉が声を発した。

「ここで働かせてもらえるって本当ですか？」

「ええ、本当よ。貴女達の働き次第で、わたくしの侍女と侍従になれます。もしなりたくなければ、普通の使用人として……」

「なりたいです、なります！」

説明を遮《さえぎ》るように、弟が大声で言った。

それを後ろに控えたランバートに窘《たしな》められる。

「主人の言葉を遮《さえぎ》ってはいけない」

「あ……はい。申し訳ありません」

弟は弾かれたように顔を上げ、ランバートを見てから、マリアローゼへ頭を深く下げる。

「ふふ。期待しています」

「一生……懸命、お仕え致します」

姉はそう言うと、弟と同じく深く頭を下げる。

「そういえば、二人のお名前を聞いていなかったわ」

「ありません……」

困ったように二人が顔を見合わせて言う。

幼い頃に親と別れたのだろうか、公爵家の令嬢には想像も出来ない話だ。

何故？　などと聞いたところで、二人とも明確には答えられないだろう。

生まれてこの方、生きるのが最優先事項で、呼び名は符号でしかなかったのだろうから。

「では、今までどうやってお互いを呼び合っていたのです？」

「姉、弟、と」

マリアローゼは姉の返事に、優しく微笑んだ。

「それならわたくしが良い名前を考えますので、後でお知らせするわね」

深く事情を聞かれるのかと悲壮な顔をしていた二人の顔が、ぱあっと笑顔になる。

ランバートを見ると、優しい目で小さく頷いた。

「では下がらせていただきます」

ランバートが礼をすると、見よう見まねで二人もそれに倣《なら》う。

(何かに似ている。ああそうだ、鴨の行列。親の後ろにちょこちょこ付いて歩く、あの微笑ましさを思い出させるのだわ)

新しい名前と、新しい人生。

誰もが得られるわけではない、ほんの少しの偶然から生まれた幸運。

(お父様の言うように、この姉弟のような子供を助けてもキリがないし、世界は変わらない。だけど二人の世界は変わったのだから、私はそれで満足です)

夕方に差し掛かる頃、午後の授業が終わり、頭の大半を占めていた名付けの作業に取りかかる。

授業の合間に本を読んだりもして、候補はもう絞ってあったのだ。

マリアローゼはレースの形に型抜きされた薄い水色のカードを、机の引き出しから取り出す。

そこに「ルーナ」と「ノクス」と一枚ずつ書き込む。

二人の髪の色から連想される古語で、それぞれ月と夜という意味を込めた。

飾られていた小さな花と共に、小さな封筒に一枚ずつ仕舞う。

封筒にはそれぞれ姉と弟、と書き足して。

「これをランバートに」

エイラに渡すと、彼女は恭《うやうや》しく受け取って、銀盆に載せて部屋を出ていく。

その後ろ姿を見送りながら、マリアローゼは淹れたての紅茶を口に含んだ。

(あの子達が喜んでくれるといいな)

●●●

「ルーナ」

「ノクス」

「ルーナ」

「ノクス」

姉弟は嬉しそうにその言葉を繰り返していた。お互いに向けて。


ランバートがその知らせを持ってきてくれたのは、夕食の後だった。

ノクスとルーナが住まうのは、下級の使用人棟である。

従業員が皆同じ、というわけではない。

侍従や侍女は貴族か元貴族の平民なので、上級使用人として専用の宿舎がある。従僕と小間使いも半分以上は上級使用人としてそちらで暮らしていた。貴族籍から外れていない令嬢や令息達である。

下級使用人棟には、平民出身の者が多く住んでいて、主人達の目の前に出る仕事はしていない。食事は厨房で用意される。厨房には隅に大きなテーブルが据えられており、そこに賄《まかな》いを自分で運んで食べるのが普通だ。下女と下男、農夫や職人達も食事に訪れる。

建物に居住がある場合は、部屋で取ってもいいことになっているが、二人は手早く台所の隅で食事を済ませていた。

「あんた達、小さいんだからこれも食べな」

下女の一人が、果物を渡してくれる。

「ありがとうございます」

姉が頭を下げて受け取り、働く人々に辞去の挨拶《あいさつ》をしてから部屋に戻る。

そこにランバートが銀盆を持ってやってきた。

「お嬢様からの贈り物だ」

渡されたそれは小さな封筒で、開けるととても良い香りが漂《ただよ》った。

小さい花も添えてある。

「まだ……字は読めないです……」

カードに書かれた綺麗な線は、文字だ。

簡単な文字は分かるものの、路地に出ていた看板の類《たぐい》しか読めなかった。意味も呼び方も分かるのだが、それと関係ない文字になるとさっぱり分からないのだ。

せっかくの好意に応えられない悔しさが涙となって零れ落ちそうになった時、ランバートが答えをくれた。

「ノクス、古い言葉で夜。ルーナ、古い言葉で月。良い名をもらったな」

そして二人の目の前に置かれる本。

「これで勉強するといい」

「あ……ありがとうございます」

本を数冊受け取ると、ランバートは静かに部屋を出ていく。

「読めるようにならなくちゃ」

早速二人は勉強を始めた。

屋根のある建物、寝転がれる寝床、知識を得られる本。

今までの暮らしに比べれば、ここは天国だ。

物心ついた頃には二人だけだった。

「姉」と「弟」――名前のない二人は、いつの頃からかそう呼び合っていた。

肉親だからお互い大切で、一人でないことだけが救いだったのである。

やがて路地から教会の孤児院に辿りついた。

だが、そこは安住の地ではなかった。貧民街の教会では、養子を受け付けている体《てい》で子供を売っていたのだ。

それに気づいたのは年長の子供だった。彼は売られる前に姿を消した。

姉弟もほどなくして教会から逃げ出したのだが、暮らしていく術《すべ》はない。

襲い来る飢えと寒さと、渇き。生き延びられるだけ教会の方がマシなのではないかと思えた。

そんな時、怪しげな人物に声をかけられたのだ。

その人物は、教会の弱みである契約書を欲していた。

養子を出すためという表向きの契約書が、裏での人身売買の証拠となる。

それを持ってくれば、金をくれるという。

二人は教会に戻り、神父の周辺を探し始めた。そして、証拠を手に逃げ出した時に、彼らに襲われたのだ。

手に握っていた書類を取り返すために、弟は指を落とされた。庇うように覆い被さっていた姉は、全身の骨が砕かれるほどに殴られた。

そうして、離れぬまま二人で死ぬのだと思った時、天使が現れる。

彼女は、命を削ってもいいと言った。

生きて、と言った。

(こんなに辛いのに?)

そう思ったけれど、温かい光に包まれて、目が覚めた時にはここにいた。

全ての出来事をランバートに話して、彼からも全てを聞いた。

金持ちなんて、貴族なんてと騒げる人間はまだ余裕がある。

生きる死ぬで切羽詰まった人間には、身分も立場もどうでもいい。助けてくれるのなら、藁《わら》にでも縋《すが》る。

まして、自分達を助けるために命を賭してくれた人がいるならば、尚更生きなければ。

二人は治癒師の教え通りに、食事を取り、運動をして、簡単な読み書きを覚え始めた。

そして、やっと、仕えるべき主人に再会したのだ。

弟を助けてくれた。

姉を助けてくれた。

とても眩《まぶ》しく、綺麗な少女に目を奪われた。

二人が暮らしていたような、薄暗い路地に飛び込む冒険心を持ち合わせているようには見えない。

それでも、彼女はそれを行ったのだ。

穢《けが》れを知らない白い手で、二人の血に塗《まみ》れた手を取ったのだ。

「一生……懸命、お仕え致します」

本当は一生お仕えします、と言いたかった。

けれど、まだ今の自分にその価値はないと思い直して、ルーナは言葉を続けた。

誰よりも有能で、誰よりも有用な侍女と侍従になって、お嬢様のためだけに生き、働く。

そのためには血反吐を吐くような辛い修練も厭《いと》わない。

「私達は強くならないとね、ノクス」

「俺達は賢くもならないと、ルーナ」

お嬢様からちょうだいした大事な、大切な、美しい名前で呼び合う。
二人はくすくすと笑い合った。

第四章　勉強会と誕生会

マリアローゼが名前を与えた後、ルーナとノクスに言葉を教える教師に、マリアローゼが就任した。

本当はランバートが候補に挙がったのだが、彼は父の侍従の傍《かたわ》ら、執事としての仕事も一部兼任している。

驚くほど忙しいので、もう少し二人の年齢が上がるまで、基本的な指導は侍女長であるフィデーリス夫人に任せることになったようだ。

だが夫人とて、侍女達を取り仕切る業務があるので、全ては教え切れない。

そこでマリアローゼが提案したのだ。

「言葉は誰かに教わった方が覚えも早いので、確認がてら私が教えたいのだけど……」

などと、自分の勉強にもなるよと主張したところ、あっさりと了承された。

でも、理由はそれだけではない。

前世の言葉である「日本語」を教え込みたかったのだ。

記憶については今のところ特に薄れてはいないものの、だんだんと忘れていくだろう。

まだ覚えているうちにきちんと誰かと共有しておけば、自分が忘れても言葉がなくなることはない。

それに、日本語は秘密の連絡手段としてちょうどいいことにも気づいた。

この世界にも少数民族がいて、使用者の少ない言語は存在するが、そもそも存在しないはずの日本語の方がより希少だ。

その分内容が解読される可能性も低いし、暗号を作るよりも遥かに楽である。

日中はマリアローゼは授業、姉弟は屋敷での仕事があるので、二人の仕事が終わる晩餐《ばんさん》の後を勉強の時間として、二人を部屋へ招くことになった。

そんな中、マリアローゼは双子の兄の襲撃を受けていた。

「もう、お兄様達は邪魔なさらないで……！」

部屋から押し出そうとぎゅうぎゅう押しても、さすがに男女の体格差がある上、四歳差では敵《かな》わない。

「ローゼと遊びたい」

「邪魔しないから」

殊勝に言われても、この双子は言った側から邪魔しやがるに決まっているのだ。

今も扉に身体を割り込ませて、閉められないようにしている。

（確実に百パーセント邪魔するじゃない）

王妃とのお茶会からも締め出されて不服だったのと、ノアークやシルヴァイン、キースへの褒め殺し自慢で不貞腐《ふてくさ》れたのもあるのだろう、かなり強情になっていた。

兄弟達の間では、紅一点の妹の愛情自慢が流行《はや》っているらしい。

「もう、秘密の勉強なんですの！」

大声で言って、マリアローゼはまたもや墓穴にはまったことに気づいたが、もう遅かった。

（しまったぁぁ！　秘密という言葉は、この二人に言ってはいけないNGワードナンバーワンなのに！）

そろりと双子を見れば、完全に顔がワクワクテカテカしている。

もう潤《うるお》いきってツヤッツヤである。

「絶対に大人しくする」

目を輝かせて懇願する二人を、それ以上マリアローゼは拒否出来なかった。

ルーナとノクス姉弟に加えて、更にミカエルとジブリールの双子が追加される。

まずは基本の王国語の勉強と合わせて、簡単な言葉で書かれた本を日本語に書き直しての授業を始めた。

驚くべきことに、本当に双子は大人しく、真剣に勉強に取り組んでいる。

邪魔どころか、ルーナとノクスにも教えたりして、誰が先生だか分からなくなってきた。

次の日も、いそいそと双子はやってきた。

そして、いつの間にか他の兄も増えていた。

増殖していた。

こてん、とマリアローゼは首を傾げて兄達を見上げる。

「あの……？」

「兄弟で秘密は良くないぞ」

あっけらかんとシルヴァインが言えば、キースとノアークもうんうんと頷く。

双子にバレたのが運の尽きだったが、確かに兄弟なら秘密を分かち合ってもいいだろう。

自分を納得させるようにマリアローゼは頷いた。

かくしてノクスとルーナへの語学の勉強会に兄五人が追加されて、総勢八名となったのである。

勉強会の様子を見ていて改めて思ったのだが、シルヴァインは本当に嫌味なくらい、天然の天才だ。天才に胡坐《あぐら》をかいて退屈になってしまうどこかの腹黒王子とまた違う、貪欲オブ貪欲なのだ。

知識についてはキースも同じことが言える。

この二人がいたら、新日本語が生まれるかもしれない。

何故なら平仮名と片仮名を秒で制して、漢字に取りかかっているからだ。

漢字辞典が欲しい。

電子辞書があれば言うことない……が、そんなものは存在しないので地道に思い出していく。

しばらくしてノクスとルーナが基本的な王国の言葉をマスターすると、キースが帝国語を教えることになった。

その傍《かたわ》らでマリアローゼがそれを日本語で補完することで、更に勉強を進めるという方法だ。

帝国語と一口に言っても、三種類ある。

一つの大きな帝国だった時に使われていたのが、古帝国語である。

そこから派生した共通帝国語が、今では一番使われている言語だ。

五百年前に東西に分かれて争うようになってから、フォールハイト帝国で使われるのが帝国語、ガルディーニャ皇国で使われるのが皇国語と称されるようになる。

この三つは似通ったところがなく、東西の古い訛《なま》りを元にしているので、お互いに学ばなければ全く分からない。

ちなみにルクスリア神聖国は王国語と同じなので、多少の発音の違い程度で特に勉強する必要はない。

そうして、三種類全部一緒にいっとこうぜ、みたいな軽いノリで始まった勉強会だったが、いつになく双子の兄のやる気を引き出していた。

(本当に真面目に勉強するなんて思わなかったわ。ずっと逃げ回っていたのに)

最初はマリアローゼも疑っていたものの、双子は楽しそうに勉強している。

シルヴァインとキースに至っては、日本語研究の第一人者になりつつあった。

「文字を組み合わせて、新しい形を作るのか……素晴らしい」

「一文字に意味が込められてるのもすごいな」

などと二人で盛り上がりつつ、辞書編纂《へんさん》まで始める始末だ。

「ところでローゼ、君は何故こんな文字を知っているのかな?」

向けられた笑顔は甘いが、シルヴァインの目は鋭い。

(いつかは聞かれると思ってました。でも、どこかで聞いたとか読んだなんて嘘は通用しないって分かってる。だってシルヴァインお兄様もキースお兄様も、習得していないとはいえ、全ての言語の種類と大体の文字は知ってるもの）

この大陸だけで大きく分けても帝国語三種類に王国語。

他の大陸でもアルハサド首長国は一つの言語に氏族ごとの方言があるだけ、グーラ共和国も言語は一つに統一されている。商売をする上で言語の壁は邪魔にしかならない、と誰かが言っていた。商業国とも言われる国なので、それも頷ける。

イーラ連合国も七つの公国語があったものの、今ではその中の一つが連合国共通語に認定され、古い言語は地方でしか使われないようになっている。

海路が開拓されていない島国はあるにはあるだろうが、未知の世界なので言語はおろか何も分からない。

ここは、前世のように六千もの言語があった世界とは違う。

方言や地方語も含めたとして、せいぜい三十にも満たないのだ。

マリアローゼは大きく息を吐いてから話し始める。

「……夢で見ましたの。時々不思議な夢を見ることがあって、そこで教わった言語なのです。もしかしたら他にも同じようにこの言語を知っている方がいるかもしれませんので、不用意に使うことは避けてくださいませ」

（前世を夢って言い換えただけだけど、これなら嘘だなんて言い切れないはず）

「ふうん。楽しそうな夢だね？　他にも色々な知見を得ているんじゃないのかな」

頬杖をついて楽しそうに問いかけるシルヴァインの笑顔が、マリアローゼには何故か恐ろしく感じる。

「言葉に夢中で、他は思い出せませんわ」

冷や汗をかきつつ、嘘だ！　と断言されなかったことに感謝する。

(探りを入れられ続けたら、いつかボロが出るかもしれないからやめてほしい)

キースとシルヴァインは一瞬顔を見合わせた後、「そうか」と一言だけ言って、また勉強を開始した。

何か思うところはあったようだが、それ以上の追及はやめてくれたらしい。

マリアローゼはほっと胸を撫で下ろし、作業に集中する。

兄達の教えもあって、ルーナとノクスがぐんぐんと吸収し成長していくのを見て、マリアローゼも負けじと勉強に精を出すのだった。

そんな楽しい日々を送っている中、ある招待状が届いた。

第一王子アルベルトの誕生会のお知らせだ。

各国の賓客《ひんきゃく》が訪れ、王国内では社交界デビュタントを終えた十歳以上の公爵家の子女が参加を義務付けられている。

「ローゼも参加してほしいそうなの」

困ったように片頬に手を当てて、ミルリーリウムが溜息を吐いた。

これは拒否権などない、ということで、マリアローゼはただ頷くしかなかったのである。

「あ……はい」

(何となく分かってましたよ。貴族名鑑を読み漁《あさ》ってたから……公爵家子女、と言いつつ女性が私しかいないことを……)

伯爵家以下の貴族にはわんさといるのだが、王子と同年代の高位貴族の令嬢がマリアローゼだけなのは知っている。

適齢期の女性はいないこともないが、婚約中か未亡人か、そもそも結婚の意思のない方達だ。結婚を避けたい、もしくは瑕疵《かし》があって出来ない子女は、領地に引き篭もるか修道院へと入っている。

直系の貴族が一人であれば結婚は義務となるが、兄弟姉妹が多ければ強要されることはない。財産がある家ならば、引き続き親兄弟に養われて生きていけるだろう。

養ってもらえる財力がなければ、貴族籍から抜け平民となって労働するか、商家へ嫁入りする道があるのだが、冒険者となって自由に生きていく人々もいるのだ。

ちなみに、誕生会に公爵以上の家格限定なのにはわけがある。

王国では公爵家が十家もあり、更にその下には侯爵家や伯爵家もあるので、国賓が多く集まる行事には公爵家のみ招待されるのが通例なのだ。

最近は貴族名鑑も他国のものを取り寄せて読んでいるが、女子の出生率については、他国も概《おおむ》ね王国と状況は同じだ。

（婚約云々《うんぬん》ではなく、客寄せパンダのような扱いでしょうね）

それにこれは今だけのことだ。

王子が社交界に登場すれば、もう少し年上の女性達との出会いも増えるし、学園に通えばゲームのヒロインも出てくる。

もっと言えば、諸外国の上位貴族の子女とているのだ。

（たぶん、愛され何ちゃらの公爵令嬢の賞味期限はその辺りまで。学園に通うまで無難に過ごせば問題ないはず）

今回公爵家から参加するのは両親と、長兄のシルヴァインに次兄のキース、それとマリアローゼ。

厄介な双子と寡黙なノアークはお披露目前なので、お留守番組だ。

ちなみに、街はお祭りムードで人も賑わっているが、王家が主導しているわけではない。

正式に誕生会が開かれるようになるのは、十歳のお披露目式、十五歳の成人の儀式、更に立太子の儀式が終わってからになるだろう。

それまで王子達は王宮で、自国の上位貴族達と他国から来る賓客《ひんきゃく》に贈り物をもらうだけだ。

お披露目が終われば、適齢期の少女達を招いてのお茶会や夜会なども開かれるかもしれない。今からせっせと王子の目に留まるべく、各方面からたくさん贈り物が届くだろう。

だが、マリアローゼがアルベルトの誕生日の贈り物に選んだのは、色気も何もない植物図鑑だ。

マリアローゼのお気に入りの本の一つではあるが、あまり異性に贈る物ではない。

挿絵も入っていて実際に役立つのでいい代物だ、とマリアローゼはドヤ顔をしているが。

父も母もマリアローゼが選んだ贈り物に満足そうにニコニコしていたので、問題ないだろう。

誕生会は晩餐《ばんさん》と共に開かれるのだが、昼には王城入りをする。

父母と兄二人は社交もあるので、事前に公爵家の人々や賓客《ひんきゃく》と歓談する手筈《てはず》になっていた。

だがマリアローゼはまだデビュタント前なので、立ち位置が微妙なのである。

歓談に交じるには幼いので、賓客《ひんきゃく》が泊まっている王宮の内庭に放牧された。

主役のアルベルトは社交に出なければならないので、第二王子のロランドが案内役を買って出たらしい。

「久しぶり……」

もじもじと言うロランド王子がえらく可愛い。

何より前とは違う対応に、マリアローゼは瞠目《どうもく》した。心なしか背後に薔薇《ばら》が見える気さえする。

(何なの？　キュン死させる気なの？　礼装だからなのかな？　膝が隠れてる長ズボンなのがちょっと残念)

そんなことを考えながらマリアローゼがにっこりと微笑むと、ロランドは頬を真っ赤に染めた。

(いいえ、これでいいのよ。可愛らしい膝小僧を見せながらもじもじされたら、尊死《とうとし》してたかもしれないものね！)

ロランドに聞かせられないような心の声を漏らしつつ、マリアローゼはロランドの側へと歩み寄った。

公爵家でのお茶会以降、マリアローゼとロランドの文通は途切れることなく続いていた。

だが、実際に会うのは久しぶりである。

「お久しゅうございます。あら？　背が伸びましたか？」

やや目線が上に上がった気がしてマリアローゼが尋ねると、ロランドはぱあっと笑顔を見せた。

「そうなんだ。君の言ったように、訓練も頑張っている」

（まだ同じ五歳なのに……筋肉論を押し付けてごめんなさい）

ロランドは小説世界でもゲーム世界でも線の細い嫌味な美少年だったのだが、このままだと未来が変わるかもしれない。

だが、それよりもマリアローゼは訓練という言葉に羨ましさを感じた。

「わたくしも早く、訓練したいですわ」

「えっ」

ロランドは眉尻を下げて、困った顔をする。

「君は女の子だから戦わなくてもいいんだよ」

「まあ、お優しいのですね、ロランド殿下。でもお忘れのようですが、わたくしにもフォルティス公爵家の血が流れておりますのよ」

母のミルリーリウムもカメリア王妃も武を嗜《たしな》む。

フォルティス公爵家は、代々将軍や騎士団長を輩出する武を尊《とうと》ぶ家柄なのだ。

マリアローゼはそういう家柄で育ってきたのだが、その話をロランドも聞いていたのだろう。

ふむ、と納得したように頷いた。

そこに横柄な声がかかる。

「おい」

ロランドとマリアローゼが振り向くと、ややふんぞり返った姿勢の少年がいた。

（こいつは……まだ出会うはずのない攻略対象ってやつかしら）

金の髪をオールバックに撫で付けてあるが、ところどころツンツンと跳ねている。

目はくすんだオリーブ色で、帝国貴族の特徴が感じられる尊大な美しさだ。

おい、だけでは何も話が進まないので、どう対応すべきか溜息を吐くロランドを見上げる。

「女、お前が姫か」

「違います」

ロランドが何か言おうとしたが、先に食い気味に答えてしまった。

直答して良いものか迷ったものの、先方は名乗っておらず身分が分からないので仕方がない。

帝国貴族だと分かるが、流暢《りゅうちょう》な帝国語で話している。

「何？　ああ、言い方を変えよう。お前が件《くだん》の公爵家の妖精姫か」

「違います」

即答する。

（何なのそれ。そんな恥ずかしい二つ名聞いたことないんですけど。少なくとも私ではないので、否定しておこう）

「ん？　違ったか？　宝石姫だったか？」

「違います」

イラッとしたが、顔には出さずに笑顔で否定しておく。

（それも恥ずかしいので絶対に嫌。全く誰だ、そんな変な二つ名を流出させやがったのは……）

先に沸点に達したのか、少年は地面を力強く踏みつけた。

「公爵家の令嬢か、そうではないのか答えろ」

「お答えしかねます。まずはご自分がお名乗りになるべきかと存じます」

背筋を伸ばして真っ直ぐに見つめて言うと、僅《わず》かに少年はたじろいだ。

緑の目が狼狽《ろうばい》して揺らいだ少年を庇うように、歳のあまり変わらない従者が歩み出た。

「こちらは、フォールハイト帝国第一皇子であらせられるジークハルト殿下にございます」

丁寧な名乗りに、何だか偉そうにフン、とジークハルトは胸を反らす。

（助けられたくせに、なんて偉そうなのかしら）

「お初にお目にかかります。アウァリティア王国、フィロソフィ公爵家が末娘、マリアローゼにございます」

淑女のお辞儀を丁寧にし、偉そうな少年を見返す。

（美少年だけど偉そうだし、王太子でもないから長ったらしい挨拶《あいさつ》はいらないよね）

笑顔を保ったままジークハルトを見ると、彼は尊大に言い放った。

「無礼は許してやろう。いずれ我が妻となるのだからな」

「なりません」

思わず先程のノリのまま、食い気味にマリアローゼは断ってしまった。

実際になる気はないし、所詮子供の言い合いなので国際問題になりはしないだろう。

ジークハルトは断られると思わなかったのか、ぽかん、と口を開けている。その代わりにと言わんばかりに、隣に控えた従者が怒気を纏《まと》っている。

「わたくしはどこへも嫁ぐ気はありません」

「そうやって出し惜しみをして、自分の価値を高めているのであろう！」

ジークハルトはドヤァという顔で、偉そうに腕組みをしたまま言い放つ。

（出し惜しみて）

どこかの中年親父みたいな言い草に聞こえて、つい可笑《おか》しくなってしまった。

「ふふっ。いやですわ、殿下、そのように下賤な仰《おっしゃ》いよう……ふふっ」

扇を持っていないので、両手を口に当てて笑う。

つぼに入ってしまっただけで、決して馬鹿にしたいわけではないのだが、相手は笑われたことでプツンと切れたらしい。

「首を刎《は》ねるぞ！」

激昂したジークハルトが、頬を紅潮させてマリアローゼを指す。

庇うようにロランドがジークハルトの前に立ちはだかる。

（まるで、気に入らないことがあった時にクビだと叫び出す中年親父みたい……）

笑いの波はまだやってくるが、マリアローゼは深呼吸して押し込めた。

「殿下、それでは女性に愛されませんことよ」

ロランドの後ろから少し顔を出して言うと、むぐっと口を噤《つぐ》んだジークハルトが目に入る。

「フォールハイトのダミアン皇帝は艶福家《えんぷくか》だと有名なお話ですけれど、女性に愛される魅力のある帝王であらせられるということなのでしょうね」

「そうだ、父上は母上の他にもたくさんの寵姫《ちょうき》がいる」

ジークハルトは自分が褒められたかのように、また胸を反らす。

侍《はべ》らせる女性の数が多いのは男の勲章だと思っているようだ。

自《みずか》らの母がその勲章であることに心を痛めているとは考えないのだろうか。

それとも、国自体が男尊女卑の思考に染まっているのだろうかとマリアローゼは首を傾げる。

「その女性達は、首を刎《は》ねられるか、寵姫《ちょうき》として仕えるか選ばされたのでしょうか?」

「そんなわけはないだろう!」

「安心致しました。では、お父上から女性の扱いを学ばれることをお勧め致しますわ」

畳み掛けると、ジークハルトはむぐっとまた口を噤《つぐ》んだ。

馬鹿にしているのではなく、意見しているのに気づいたのか、従者から先程までの怒気は消えたが、ふんぞり返る主人と王族に庇われるマリアローゼに交互に戸惑う視線を向ける。

「それと、殿下。黙っていても女性から求められるような素敵な男性になることが、真に自分の価値を高めるということでございます。人の気持ちを捻《ね》じ伏せるために権力を使うのは、ご自分の魅力が足りないと仰《おっしゃ》っているのと同じですわ」

「……覚えていろ！　いつかお前が縋《すが》ってきても、嫁にしてなどやるものか！」

「殿下のお言葉、ありがたくちょうだい致します」

一歩ロランドの後ろから踏み出し、淑女のお辞儀をして、ふわりと笑顔を向ける。

顔を真っ赤に染めたまま、ジークハルトは従者を引き連れて走り去った。

堂々と他国の王族と対峙したマリアローゼを見て、ロランドはしみじみと言う。

「ローゼは……口が達者なのだな」

ロランドが庇う言葉を発する隙をマリアローゼは与えなかった。

マリアローゼはロランドに鮮やかな笑顔を向ける。

「女性とはそういうものですわ、殿下。守ってくださろうとしたロランド殿下は、素敵でございましたよ」

「そっ……そうか」

モブと揶揄《やゆ》されていた小悪党だったロランドは、可愛らしい頬を染めて照れる。

（このまま真っ当なイケメンに育ちますように）

マリアローゼはかつて夏休みに育てた朝顔を思い出していた。

気を取り直して、二人は散策を再開した。

王宮の奥まったところにある内庭は、四方を廊下と建物に囲まれているのでそんなに広くはない。

廊下を挟んでいくつもの部屋があり、扉の前にはそれぞれ兵士が直立している。

庭に面する廊下には、マリアローゼとロランドを見守る使用人が離れて立っていた。

「殿下はよくこちらのお庭にはいらっしゃいますの？」

マリアローゼの問いかけに、ロランドは宙を見上げて考える。

「いや、この辺りにはあまり用事がないから来ないな。でも、マリアローゼ嬢を案内するための予習はした」

照れ臭そうに言うロランドに、マリアローゼはまあ、と目を瞬《またた》く。

「それは、ありがとうございます。ロランド殿下」

ちょこん、とスカートを摘《つま》み膝を曲げて挨拶《あいさつ》をするマリアローゼに、ロランドは笑顔で頷いた。

「じゃあ、行こうか」

ロランドに促《うなが》されてマリアローゼが庭を振り返ると、ヤンキーがいた。

正確には、褐色の肌に、金の髪をした少年がヤンキー座りをしていた。

王子の誕生会とあって、各国の攻略対象（幼）が目白押しである。

(ゲームと違って、選択肢も正解もないので、出来れば関わり合いになりたくないのよね。原作一巻しか読んでないし……そういえば、原作で彼らが誕生祝いに招かれていないのは、マリアローゼと正式に婚約していたからなのかしら……？)

原作小説にはもちろん一巻で他国の人物など出てこないから、王族だというのも単なる予想でしかない。だが、この王宮内の内庭にいるなら賓客《ひんきゃく》、上位貴族か王族である。

どうしたものかと闖入者《ちんにゅうしゃ》を見ていると、少年が半笑いで口を開いた。

「口が達者な女は好かんなァ」

（頭に巻いて垂らした布、砂漠の民の衣服……ということはアルハサドの関係者ね。少し訛《なま》った王国語だ）

海を隔《へだ》てたアルハサドの王制は大陸とは少し毛色が違う。

王族だけで三つの氏族があり、三つの氏族は十年ごとに順番に王位を継承するのだ。

（とりあえず、私は好みじゃないらしい。やったね！）

心の中でマリアローゼは片手を上げて飛び跳ねた。

「それはとても賢い選択ですこと。わたくしも安心致しました」

（分かりますよ。ヒステリックな女性とか、姦《かしま》しい女性とか、嫌ですよね。同感なので、除外してほしい）

そんな思いを込めて笑顔を向けると、逆に驚いたように目を丸くした。

（何だろう、その反応は。貴方が言ったんでしょうに）

「ふうん。本当に嫁ぐ気はないんか」

「はい。父も母も了承済みですの」

頬を指でぽりぽりと掻いた後、腕組みした彼は、首を傾げながらもう一度ふうん、と言った。

見たところ十歳よりは上か。ストレートの長い金髪も、健康そうな褐色の肌も、大変よろしい。

（将来有望そうな美少年。私には全然関係ないけど。嫁候補から外してくれればそれでいいかなぁ）

にっこりと微笑みながらロランドを見ると、彼は困ったように肩を竦《すく》めた。

「あっちに薔薇《ばら》があるんだ」

「まあ、是非拝見したいわ、参りましょう」

褐色王子らしき人物の前を通り過ぎる時にお辞儀だけして、二人は奥に歩みを進めた。

名乗られてもいないので身分も分からないし、騒がしいのは嫌いそうなのでそのまま置き去りにする。

立ち去る姿を見ながらぽかんと口を開けて呆然としていたが、彼は追いかけては来ない。

(美形というだけで構い倒されてきたのかな？　だから、相手にされなかったことに驚いているのかも)

一瞬疑問に思ったものの、マリアローゼはすぐに忘れることにした。

草に沈み込むような煉瓦《れんが》の道を行くと、白い大輪の薔薇《ばら》が生い茂る一角がある。

薔薇《ばら》の豊かで華やかな香りが辺りに漂《ただよ》っていた。

「まあ……いい香りですわね」

「今の季節が見頃なんだと母上が仰《おつしや》っていたよ」

続けざまに品定めをされた何とも残念な気持ちが、嘘のように安らいでいく。

花弁を撫でると、さらりと冷たくて心地いい。

「花は美しいだけではなくて香りも良くて、手触りも素敵で……癒されますね」

「君は……その……」

言いにくそうに、ロランドがもじもじと身じろぐ。

(また私をキュン死させにくる⁇)

逸らされた目も、尖らせた唇も、とても愛らしい。

マリアローゼはぱちぱちと瞬《まばた》きをして、そんなロランドを見つめた。

「どこにも嫁がないと言っていたけど……」

「先のことは分かりませんけれど、そのつもりですわ。今のところどこにも嫁ぐ気はございません」

「兄上のところにも？」

「ええ、真っ先にお断り申し上げましたけれど……」

「そうか、良かった」

正確には言い出されてすらいないのだけど、婚約しませんから！　と母から言ってあるので多分間違いではない。

(ロランドは、私がアルベルトの婚約者になるものだと思っていたのかな？　ロランドの方が頻繁《ひんぱん》に手紙のやりとりをしていたのに)

しばらくすると、午後の鐘が柔らかな風に乗って響いてきた。

微笑ましい雰囲気と、薔薇《ばら》のふくよかな芳香。先程までの緊張から解き放たれて、突然眠気が襲ってくる。

「ふ、ふぁ……」

いつも眠っている午後の時間帯ということもあり、マリアローゼは欠伸《あくび》が口から漏れ、慌てて手で口を隠す。

ロランドがふふっと笑う気配がして目を向けると、彼は優しく微笑んでいた。

「前にも、この時間に寝ていたっけ」

「はい……習慣なので眠くなってしまいました」

素直に認めると、ロランドの思ったよりゴツゴツした手触りの掌《てのひら》に片手を掴《つか》まれた。

庭の隅の方へ、ゆっくりと導かれるまま歩いていく。

「ここをこうして……」

ロランドが茂みに隠された石壁を弄《いじ》ると、扉が出てきて僅《わず》かに開いた。

そのまま重そうな石壁の扉を一人分通れるだけ開き、するりと内側に滑り込む。

マリアローゼを招き入れると、ロランドは内側に据えつけられた取っ手を引き扉を閉じる。

その途端、視界が真っ暗になった。

ぴったりと閉じた壁からは、外の光は全く漏れてこない。

石壁の中だからか、外よりひんやりしていて、少しカビ臭いような埃《ほこり》っぽい匂いがする。

「光よ」

ロランドの言葉に反応して、彼の指輪が光を放って光源となる。

「足元、気をつけて」

そう言いながら、手を引いてずんずんと歩いていく。

普通の令嬢なら怖がったり、泣いたりしてしまうだろうが、マリアローゼはといえば、降って湧いた冒険に心躍らせていた。

（まあ……ここは隠し通路だわ……！）

曲がりくねったり、分岐があったり、階段があったり――そして、ある場所で壁を押すと、綺麗な部屋に出た。

青を基調として、白と金の装飾で彩られている。

「ここが僕の部屋だよ」

部屋に入って扉になっていた壁を閉じると、もうそこは普通の壁と見分けがつかない。

「まるで魔法みたいですわ」

「今王宮は来賓《らいひん》の王族がたくさんいるし、また途中で会ったら君が可哀想だったから」

気遣ってくれたのである。

齢《よわい》五歳にして、突然の進化を遂げたロランドにマリアローゼは驚きが隠せない。

夏休みの課題で植えた朝顔が、元気に芽を出したような喜びである。

「ロランド殿下、お気遣いありがとうございます」

にっこりと微笑むと、少し頬を赤らめたロランドにソファへと案内された。

ふわふわの座り心地に、歩き疲れたせいもあって、また欠伸《あくび》が出た。

「寝ても大丈夫だよ」

「はい……でも……」

（人前で淑女が寝てしまうのは、はしたないのでは……）

マリアローゼはそう思ったが、睡魔には勝てなかった。

庭から忽然《こつぜん》と消えた二人の重要人物を探すのに、外が大騒ぎになるとは知らずに。

●●●

煌《きら》びやかな宮殿の一角で、各国の王子達とキースは談笑していた。

父も母もそれぞれ、来賓《らいひん》である各国の重鎮達やその夫人と話に花を咲かせている。

ここは誕生会と銘を打った、外交の場なのだ。

とはいえ、子供達はそこそこ自由が許されているので、そんなに堅苦しくはない。もっぱら流行の服飾と、最新の冒険譚や剣闘士の活躍といった娯楽に関する話題ばかりだ。

特に帝国と皇国は西と東とに分かれているせいか、贅沢さを競い合うようなところがある。

歌劇や演劇などの舞台や、演奏会。有名な女優や歌手、音楽家との交流といった自慢が飛び交うが、聞いている分には飽きない。

キースは聞き役に徹しながら、情報を集めていく。

だが午後の二つ目の鐘が鳴ると、キースはシルヴァインに任せて、その場を辞した。

この場に連れてこられなかった妹のマリアローゼの様子を見に行くためだ。

本来なら、会に出席出来る年齢ではないし、体力的にも難しい。どこかで待機させようと話していたところ、王妃から提案されたのがロランドによる庭の案内だった。

疲れたら侍女に言えば、休む部屋も内庭の近くに用意されていた。

「こちらにはいらしてません」

部屋の前に立っていた侍女が、申し訳なさそうに言う。

扉の両側に立っている警備の騎士も、侍女の言葉に頷いた。

「分かりました」

まだ内庭にいるのだろうか、とそちらで待機している侍女のもとへ向かう。

「マリアローゼとロランド殿下はどちらにいますか？」

庭に向かって立っている侍女に尋ねると、手で小さな道を指し示された。

「あちらの薔薇《ばら》を見に行かれました」

キースが小さな道を進むと、やがて白い大輪の薔薇《ばら》を付けた茂みが目に入る。

見事な薔薇《ばら》だが、近くにマリアローゼもロランドもいない。

振り返って侍女に首を振って見せると、彼女は慌ててキースの方へ走ってきた。

二人がいないのを確認し、サッと顔を青くする。

「そんな、確かにこちらにいらっしゃって、お庭からは出ておりませんのに……」

侍女は必死で茂みを掻き分けるが、人っ子一人いない。

壁伝いに茂みを避けて歩いて向かった先には、別の侍女が立っている。

「こちらに殿下は来られましたか？」

「いいえ、いらしていません」

その答えを聞いて、とうとう侍女は倒れてしまった。

キースが慌てて支えるが、ぐったりとしている。不穏な空気を感じたのか、部屋の前で警備をしていた騎士達が駆け寄ってきた。

「ロランド殿下とマリアローゼ公爵令嬢を探してください」

「はっ」

短い返事を残して、片方の騎士は警備に残り、片方の騎士は走り去る。

賓客《ひんきゃく》が大勢詰めかけている中、軽々しく騒ぎには出来ない。だが、最悪の事態を想定して、一刻も早く探し出さねばならなかった。

城の中のことは騎士や兵士より、従者や侍女、小間使い達の方が詳しい。キースは近くにいた侍女達にも周囲を探すように指示をした。

どの部屋にも騎士達が警護のために立っているが、不審者も二人の子供も誰も目にしていないと警備隊長から報告を受ける。

さすがに自分ではこれ以上の判断が下せず、キースは隊長を待機させたまま父のもとへと急いだ。

父は他国の大臣と話をしていたが、キースの急ぎ足とただならぬ雰囲気に気づいて、会話を切り上げ壁際へ移動する。

「どうした」

「ローゼと殿下が見当たりません」

いなくなった状況を手短に伝えると、父は一瞬厳しい顔になった後に少し考え込む。

「少し待っていなさい」

そう言って、王の側へと歩み寄っていく。

王は席を立ち、二人で何やらごそごそと隅で話し込んでいる。

数分経つと、父がキースのもとへ戻ってきた。

「ロランド殿下の部屋に行ってみてくれ。そこに二人がいなかったら、また来なさい」

「分かりました」

(部屋の前の騎士は誰も来ていないと全員証言しているらしいが、父の言葉が正しければ……そうか、隠し通路か)

王城には通常王族のみが通れる隠し通路なるものが存在する。

それは公爵家も同様なので、想像に難《かた》くなかった。

(それなら陛下に確認した意味も、言葉に出来ないのも分かるし、二人が忽然《こつぜん》といなくなったのも納得出来る。誘拐されたという線よりは濃いだろう)

果たして、キースは騎士に開けてもらった部屋で、ソファの上で二人並んでスヤスヤと眠っているマリアローゼとロランドを見つけるのだった。

侍従や騎士達の間で騒ぎにはなったが、結局誰もお咎めはなしということになった。

隠し通路について触れられないため、盗賊顔負けのすごいかくれんぼをしたということでお目付け役の侍女達も罪に問われず、小さな事件は賓客《ひんきゃく》達に知られずに何とか収束した。

だが、当然の如《ごと》く元凶のロランドはお叱りを受ける羽目に陥《おちい》った。

アルフォンソ王とカメリア王妃の前で、ロランドはしょんぼりと肩を落としている。

これから催《もよお》される宴《うたげ》の前に、王夫妻と王子、フィロソフィ公爵家の面々が控えの間に集《つど》っていた。

●●●

「申し訳ありません……」

ロランドは自身の両親の前で深く頭を下げた。

非常時以外に隠し通路を使うのはご法度だ。しかも王族でない者を無断で立ち入らせるのは言語道断と怒られている。

だが、自分勝手な理由でないことを知っていたマリアローゼは何とかロランドを庇いたかった。

何故ならロランドは謝るだけで、言い訳すらしようとしないのだ。

以前の彼の素行から考えると、相当な変化である。

厳しい顔付きの国王陛下や王妃の前で発言をするのは勇気がいるのだが、マリアローゼはこれ以上黙って見ていることは出来なかった。

「発言をお許しください」

「許可する」

何とか勇気を奮《ふる》い立たせて乞うと、静かに国王陛下が頷いた。

国王はアルベルトにとてもよく似ていて、王妃と並んでも遜色《そんしょく》のない華やかな美貌の持ち主だ。

普段は穏やかでにこやかなのだが、今回に限っては厳しい顔を崩さないでいる。

「お止めしなかったわたくしにも責任がございます。申し訳ございませんでした。でも……わくわくしてしまって……」

マリアローゼが申し訳なさそうに告げた言葉で、シルヴァインが豪快に噴き出しアハハと笑い出す。

釣られて、アルベルトも笑い出した。国王も顔を背けつつ片手を顔に当てて、肩を震わせているし、王妃も扇を口元に当てて少し俯《うつむ》いている。

ミルリーリウムだけは「分かるわ！」という感じで、うんうんと頷いていた。

「それに、ロランド殿下はわたくしを守ろうとしてくださったのです」

皆の空気が少し和《なご》んだ今しかない、とばかりにマリアローゼは言葉を続ける。

「ん？　それはどういうことだい？」

にこやかな笑みを浮かべて、壁に寄りかかって立っていたジェラルドが身体を起こす。

若干、笑顔が怖い。

「他国の王子様達に首を刎《は》ねるとか、好みじゃないなどと色々と言われて……」

「ほう。それはどこの国の何というクソ餓鬼《がき》だろうか」

にこやかに氷点下の空気を纏《まと》う父に、国王が制止の言葉をかける。

「おい、やめろ。子供の戯言《ざれごと》を大事《おおごと》にするな」

「戯言《ざれごと》でも言っていいことと悪いことがあるだろう」

学生時代から仲が良いとはいえ、不敬にも程がある発言になってしまっている。

マリアローゼは慌てて付け足した。

「大丈夫ですわ。きちんと結婚はお断りさせていただきましたし、わたくしは父と母のもとから離れないと、二人ともご理解くださったはずですの」

力強く言うと、父と母は揃ってほんわかと笑った。

「そうか……ローゼが良いのであれば、不問にしよう。だが許さん。ロランド殿下、ローゼを守ってくださったこと、感謝致します」

前半は建前と本音が両方駄々漏れていたが、後半はきちんとした宰相の顔でロランドに礼を述べる。

そして片手を胸に当てて、僅《わず》かに頭を下げて恭《うやうや》しく敬礼した。

(仕事をするお父様はかっこいい)

場違いながらもマリアローゼはうっとりと父の姿に見惚れた。

一方、ジェラルドに感謝を示されたロランドは、驚いたようにぴしりと姿勢を正す。

「いえ、当然のことです。……お騒がせしたこと、大変心苦しく思います」

そう言って、彼もぺこりと小さく頭を下げる。

「ふむ……一ヶ月は謹慎させようと思ったが、十日で良いだろう」

国王はそう言って、傍《かたわ》らに座る王妃に視線を向けると、王妃も同意するようにこくりと頷いた。

ロランドは「はい」と返事をして、また項《うなだ》垂れる。

（理由が理由だもの、これ以上の罪は問われなくて良かった）

マリアローゼはほっと胸を撫で下ろす。

ただし、現場を騒がせてしまった責任は負わなくてはならない。その辺りはきちんとロランドは呑み込んでいるようだ。

（五歳児なのに……すごく偉い。同じ歳の幼女にそんな風に思われたくないだろうけど）

健気な姿に、ちょっぴり保護欲が湧いてしまう。

でも、この件はマリアローゼにも責任があるのだ。

「お父様、わたくしも同じ罰を受けます。殿下だけに責を負わせるわけには参りません」

申し出ると、父はふむ、と少し考えてから頷いた。

「そうだね。せっかくだから勉強になる罰を与えよう。陛下、謹慎期間中ロランド殿下を我が家にてお預かりしてもよろしいか」

「いいだろう」

（えっ、ただの謹慎じゃないの？　しかもロランド殿下も一緒に……？）

マリアローゼは焦ったが、今更取り消すことは出来ない。

（でも勉強になるのならやぶさかではない……！）

隣に立つロランドを見上げると、ロランドはキリッとした顔で頷いてみせる。

仲間がいるのは心強い。

（一緒に頑張りましょう）

そんな気持ちを込めて、マリアローゼも頷き返した。

話し合いが終わる頃には会場の準備も整い、一足先にマリアローゼ達は会場へと移る。

その後に国王達が入場して、華やかな舞踏会が始まった。

アルベルトは王と王妃の近くに立ち、来賓《らいひん》からの祝辞を受け、ロランドは更にその後ろの方に控えていた。

他国の賓客《ひんきゃく》の挨拶《あいさつ》が終わると、次は王国貴族の番だ。筆頭公爵家のフィロソフィ家からアルベルトのもとへ挨拶《あいさつ》に向かう。

マリアローゼは、リボンをかけた植物図鑑を誕生日の贈り物としてアルベルトへと手渡した。

「殿下、お誕生日おめでとうございます」

「素敵な本をありがとう、マリアローゼ嬢」

贈り物へのお礼を口にして、にこやかにアルベルトが微笑む。

「お気に召していただければ嬉しゅうございます」

にっこりと微笑んでスカートを摘《つま》み、マリアローゼは丁寧にお辞儀をする。

挨拶《あいさつ》が終わって、家族と共に会場の端へと下がると、父がひょいとマリアローゼを抱き上げた。

マリアローゼがこてん、と首を傾げると、ジェラルドは視線を会場に一巡りさせている。

(何事ですか？)

今回のアルベルトの祝宴には、各国の重鎮や王族が勢揃いしているだけあり、マリアローゼにも好奇心を含んだ視線がいくつも注がれていた。

「ランバート」

王宮の使用人しか入れない会場にもかかわらず、いつの間にか控えていたランバートにマリアローゼを渡して、ジェラルドは静かに言った。

「先に連れて帰れ」

（そういう予定じゃなかったような……？）

マリアローゼは不思議に思ったが、こういう厳しい眼差しの時の父の決定は絶対だ。

それにこれ以上パーティーに残りたいわけではないので、反発する理由はない。

恭《うやうや》しく一礼をして馬車へと向かうランバートの腕の中で静かにしていた。

特に急いでいる風ではないのに、ランバートの動きは機敏だ。何だか違和感があるのだが、その答えは分からない。

ランバートに先駆けて馬車に知らせに走った従僕が、馬車の前で待っていた。

「お嬢様を送ってくる。お前は旦那様のお側に。護衛を怠《おこた》るな」

従僕は一礼すると、踵《きびす》を返して会場へと戻っていく。

ランバートの隣に下ろされて改めて彼を見上げると、何だか考え込んでいるようだ。

「何故、先に帰されたのでしょう？」

「殿下をお連れするのに、馬車が狭くなるからでしょうか」

取って付けたような返答で躱《かわ》される。

（確かに、それもあるかもしれないけど、それだけではないはずだわ。しかもお父様から離れて、わざわざランバート自《みず》ら送る必要もないのに）

じっと見つめると、ランバートは少し笑顔を見せてくれたが、すぐに姿勢を正して真っ直ぐ前を見据える。

違和感の正体は、緊張感だ。

張り詰める空気が、ランバートから感じられるのだ。

（ああ、そうか。もしかしたら私の身が危険だからなのかもしれないのね）

唯一の公爵令嬢という肩書きは、欲しがる者によっては強引な手段で奪われかねない。そして王妃の座を狙う各国の上位貴族にとっては消えてほしい存在となるだろう。

コン、と御者台の方から合図のように音が鳴った。

一瞬、ランバートの目が鋭くなる。

窓の外を見れば、もう公爵邸の近くまで来ていた。

家令のケレスと侍女のエイラが玄関前に並んで出迎えてくれる。

「お帰りなさいませ。お嬢様、お疲れでしょう」

笑顔のケレスの言葉に、マリアローゼはこくん、と頷く。

その横に控えていたエイラが一歩進み出ると、珍しくマリアローゼを抱き上げた。そのまま有無を言わせず、屋敷の中へ連れていかれる。

いつもはマリアローゼの歩幅を考えつつ、先導して歩いてくれるのに。今日はランバートに続き、エイラも緊張感に満ちている。

エイラの肩越しに見たランバートは、護衛の騎士や御者と何事かを話し込んでいて気になったが、マリアローゼにどうこう出来る話ではなさそうだ。

その後、マリアローゼはエイラと小間使い達にお風呂に入れられ、楽な寝着に着替えさせられると、お気に入りの人形と共にベッドに入れられる。

鎧戸すら締め切られてしまっていて、外の様子も窺《うかが》うことが出来ない。

「今日はもうお眠りください」

「分かりました。おやすみなさい」

本当は本を読んだり、紅茶を飲んだりしたかったけれど、何だかそういう雰囲気ではなさそうだ。

マリアローゼは大人しくエイラに返事をして、目を瞑《つぶ》る。

(早く大人になりたい。皆が大変な思いをしていても、私は知ることさえ許されない)

そんなことを考えているうちに、柔らかくて温かい布団に包まれたまま、幼いマリアローゼは呆気なく睡魔に搦《から》め捕られた。

●　●　●

アルベルトが来賓《らいひん》達の挨拶《あいさつ》を受けた後、広間では国王夫妻のファーストダンスから始まる舞踏会が催《もよお》されていた。

華やかなその裏で、社交という名の舌戦があちこちで繰り広げられている。

そんな中、アルベルトはシルヴァインに言葉をかけた。

「マリアローゼ嬢はもう帰ってしまわれたようだね」

「ええ。何分《なにぶん》幼いものですし、重要な用件は終わりましたので」

シルヴァインは王宮での余所《よそ》行き仕様で言いながら、アルベルトが未だ抱えている植物図鑑に視線を落とした。

マリアローゼが気に入っている図鑑と同じ物を、アルベルトに誕生日の贈り物として渡したらしい。

まだ広間で踊る年齢ではないとはいえ、片手が塞がったまま歩くのは無作法だし不恰好である。

「……これは、自分の手で部屋に持っていきたくて」

アルベルトも図鑑に目を向けて呟《つぶや》く。

警備上の理由で、来賓《らいひん》の客からの贈り物は使用人が受け取る。

広間から運び出された後に、使用人達が中身の確認をした上で部屋へ運ばれるのだ。

アルベルトは図鑑をその品々と一緒くたにするのが嫌だったらしいと分かって、シルヴァインはふむ、と頷いた。

思い返せば、アルベルトが直接受け取ったのもマリアローゼの本だけである。

まるで妹が婚約者候補だと言わんばかりの演出に、若干の不快感を覚えるが、それを押し込めつつシルヴァインは微笑んだ。

「ローゼの部屋にも同じ本がございますよ」

シルヴァインの言葉を聞いたアルベルトの顔がぱああ、と明るくなって笑みを浮かべる。

「そうだったのか。大事にする」

「あのじゃじゃ馬娘は本も読むのか、生意気だな」

そこへ、帝国の第一皇子のジークハルトが横槍を入れるように嘲笑した。

フォールハイト帝国は王国に比べて女性の扱いが酷い、というのは有名な話である。女性は勉学よりも美しさ、そして政治的な道具であり子供を産むものだという古い考えが横たわっている。

それは王国でも似たような価値観があり、令嬢が勉学の道を極めるのは困難だ。

だが、学問への道までは閉ざされていない。図書館へも自由に出入り出来るし、文官や女官として貴族女性が働ける環境がある。

一方、帝国では特例を除いては、女性は本を読むことさえ良しとされないらしい。図書館は未だ女性が立ち入れない場所なのである。もちろん、貴族女性が一人で本屋に立ち寄るのもはしたないとされているので、邸宅の書庫の本を読むのが精々だ。

「我が妹が失礼致しました、ジークハルト殿下。無作法を働いたと耳にしております」

シルヴァインが鷹揚《おうよう》に左胸に掌《てのひら》を当てて、会釈《えしゃく》をする。

それに気を良くしたのか、ジークハルトは偉そうに胸を張った。

「全くだ。きちんと躾《しつ》け直すのだな」

「寛大なお言葉、感謝致します。王妃教育や王太子妃教育を務めたことのある家庭教師が付いておりますが、もっと時間を増やして公式の場には出さぬよう父にも進言致します」

この場を収めるためにそうは言ったものの、アルベルトからすれば、マリアローゼは無作法な少女達とは違う。

(先日の茶会では、ロランドの暴言にも冷静に礼儀正しく対処していた。幼く拙《つたな》いところがあっても、すでに立派な淑女だ)

抗議しようとした機先を制されたジークハルトは、シルヴァインを見上げた。

(相手が帝国の皇子だから遠慮しているのか？　いや、この男はそんなに甘い人間ではない……)

今まで社交の場で見てきたシルヴァインは穏やかな仮面を被っているが、宰相よりも厳しい一面がある。

「ああ、そうした方がいい。もしそれで嫁のもらい手がつかなかったら、我が引き受けてやっても良――」

「それは妹からすでにお断りさせていただいたはずですが？」

ジークハルトの言葉に被せるように、穏やかな笑顔のままのシルヴァインが言い放った。

信じられないものを見るかのように目を見開いたジークハルトに、更に通る声を響かせてシルヴァインが追撃する。

「我が家では性別に関係なく読書を嗜《たしな》みますし、殿下もフィロソフィ公爵家の令嬢では不相応だと仰《おっしゃ》られるのですから、今後ご尊顔を拝す栄誉を与える機会は必要ございません」

周囲にいた人々の視線を集める中、ジークハルトの顔が朱に染まる。側近が隣で不敬な、と呟《つぶや》いたが、それ以上は何も言えずにジークハルトとシルヴァインを見比べている。

シルヴァインは、帝国と王国の諍《いさか》いに笑いを滲ませていたアルハサドの王子にも笑顔を向けた。

「アルハサドの黒き刃にして猛《たけ》き焔《ほのお》、エルジャンシャの息子、アーキル殿下にも同様に申し上げます」

「別に構わんが、何故お前に指図されなけりゃならねェんだ？」

豪奢《ごうしゃ》な専用の金の杯を空けながら、アーキルはジークハルトの隣に並んだ。

「その権利があるからですよ。貴方の国でも娘の持ち主は親のはずです。つまり父親の許諾なしには会うことすら叶わない。我が父にとって妹は命より大事な宝ですから」

事実上の拒絶宣言である。

その時、一触即発の状況に似つかわしくない柔らかい少年の声がした。

「確かに、とても可憐なご令嬢ですね。あのように素晴らしい方を拒絶する男性がいるとは思いませんでした」

「これは、ヘンリクス殿下」

アーキル相手にバチバチと笑顔で睨みを利かせていたシルヴァインが、身を正して会釈《えしゃく》する。

ヘンリクスは、宗教国家であるルクスリア神聖国の王子だ。

元はアウァリティア王国の公爵領が独立して、ルクスリア神聖国となったため公子とも呼ばれている。そのせいで他国の王族からは身分を軽んじられがちだが、膨大な信者を抱える宗教国家の権力は強大だ。

ヘンリクスの淡い金の髪も夜空の色の瞳も、アウァリティア王国の王族の金髪に空色の瞳に近いのは、彼らも王族の血が流れている所以《ゆえん》かもしれない。

「公爵王如《ごと》きが不敬だぞ」

今度こそ、偉そうな主君ジークハルトの偉そうな側近が毒を吐いた。

アウァリティア王国の王族と筆頭公爵家の令息相手では分《ぶ》が悪いと黙っていたのだろう。

同じく他国から来ていて、帝国や王国よりは身分が低いとされる公子だから食ってかかったのだ。

だが、謗《そし》られたヘンリクスは涼やかな笑顔で応える。

「不敬なことなど何も。帝国には、彼女以上に素晴らしい方がたくさんいらっしゃるのでしょう。我が国のような小国には考えられません」

これは謙《へりくだ》った嫌味である。

くすり、とシルヴァインの顔にも笑みが浮かんだ。

「さすがは帝国、さすがは首長国です」

持ち上げてはいるが、両国共今は王族の姫や高位貴族の令嬢など存在しない。国土が広かろうと権勢を誇ろうと、ないものはないのだ。全ての大国合わせても、身分の上でマリアローゼの上位に来る適齢期の女性はいなかった。

そのことをヘンリクスは皮肉り、シルヴァインはそれに乗ったのだ。

「ああ、それと、愚かな従者を置いておくと身の破滅ですよ。私は望めば公爵になれるが、跡継ぎに事欠かない貴方がた王族はそうではない。山の天気と同じくらい覚束《おぼつか》ない身分でいらっしゃると聞きました。我が妹の価値は下がりようがないが……それよりも、ご自分の心配をされた方がよろしい。さて、主人が飼い犬を斬り殺すか、飼い犬が鞍替えするか、どちらが先になるか見物です」

虎の威を借りる狐と、張りぼての虎を見比べて、シルヴァインは微笑を浮かべる。

帝国も首長国も一夫多妻制のため、皇帝にはたくさんの側妃や寵姫《ちょうき》がおり、後継者争いはかなり熾烈なのだ。ただ長子に生まれたから、継承権の上位にいるからといって地位が安定しているわけではない。

特に帝国では些細なことでそれが揺らぎ、冤罪や暗殺が横行している。皇帝も表立ってそれを咎めることはない。その帝位争いに勝ち残った者だけが頂点に君臨出来る。

そんな国においては、妻選びも地盤を固める重要な材料である。優位に立てる後ろ盾や、高貴な身分であるほど争いは有利に進むのに、彼らは自《みずか》らその道を一つ閉ざしたのだ。

ヘンリクスを馬鹿にした従者は顔を青くして、主人のジークハルトは歯噛みをした。

「気分が悪い。戻るぞ」

そのまま挨拶《あいさつ》もなしに、ジークハルトは踵《きびす》を返して会場を後にした。

慌てて従者達もその後を追う。

「決めた。お前の妹は俺がもらう」

黙って眺めていたアーキルが、おもむろに宣戦布告した。

逃げたジークハルトとは逆に、アーキルは冷たい笑みを浮かべてシルヴァインの胸に人差し指を突きつける。

シルヴァインは獰猛《どうもう》な笑みを浮かべつつ、静かに言葉を返した。

「会うことを許されず、贈り物や手紙も取り次がれないのに、どうやって妹を篭絡《ろうらく》出来るのか、お手並み拝見といきましょう」

「せいぜい楽しみにしてろ」

笑顔で捨て台詞《ぜりふ》を吐き、アーキルも会場の外へと歩み去る。

はあ、と溜息を吐く声に振り返ると、キースが冷たい視線をアーキルの背中に向けたまま言う。

「兄上、煽《あお》りすぎですよ」

「可愛い妹を侮辱した相手にしては、優しく接した方だが」

「確かに優しいですね。わざわざ会わせないと伝えてるんですから。まあ、その無駄な労力を他に使っていただければいいんですけどね」

二人の兄弟の会話を聞きながら、アルベルトとヘンリクス、二人の王子は顔を見合わせて苦笑した。

そして、この兄達は強敵だ、と言わんばかりに小さく溜息を吐くのだった。

幕間　突然の失脚

帰途につく馬車の中、ジークハルトは苛々《いらいら》が収まらず、従者に八つ当たりをしていた。

「貴様らは何故、我が侮辱を受けている中、黙っていたのだ！」

何故、と問われても正論で攻めてくるシルヴァインに何か言ったところで、数倍の力で叩きのめされる未来しか見えなかったからである。

それに、従者達も帝国の上位貴族であり、いずれは学園に通い社交界にも出入りすることを考えると、他国とはいえ公爵令息に目を付けられるのは好ましくない。

だが、目の前の猛獣にこれから数日間この調子で騒がれるのも疎《うと》ましかった。

従者の一人がへらり、と笑いながら言う。

「公爵令嬢とはいえ、たかが少女でございます。殿下が正当な後継となればすぐに掌《てのひら》を返しましょう」

「そうでございます。まだ幼い故《ゆえ》に物事が分かっておらぬのです」

続けて別の従者も阿《おもね》るように笑みを浮かべる。

（いや、あの娘は冷静だったし物事も分かっていた。分かった上で断ってきたのだ）

そんな中、側仕えとして付き従っていたものの、フーベルトだけは冷めた目でその集団を見ていた。

銀の髪にオリーブ色の瞳、王族の血筋も入っているアーレスマイヤー公爵家の次男である。

「フン、それもそうだな。だが、あの男は許せん。帝都に戻ったら母上にあの男の排除を願い出よう」

いいことを思いついた、というようにジークハルトの機嫌は回復した。

帰城して皇帝と皇后に挨拶《あいさつ》を終えると、ジークハルトは早速母親である皇后に先触れを出して私室へと訪れた。

皇后の命によって、同行した従者達も引き連れて向かう。

帝国の城は王国の城よりも更に面積が広い。王国は機能性を重視しているが、帝国は機能面より華美であることを重視しているからだ。

王国にはない後宮があるのも、その要因の一つであった。

ちなみに後宮の入り口付近にある皇太后宮と皇后宮、その間に位置する皇女宮だけは今は閉鎖されている。

帝国は父であるダミアン皇帝の即位以降、皇后や側妃だけでなく、側妾《そくしょう》にすら女児が生まれていない。人々の間では、二十年前に起こした血の七日間という粛清で亡くなった者達の呪いだとも囁《ささや》かれている。

「母上！　私を侮辱した忌々《いまいま》しいシルヴァイン・フィロソフィに暗殺者を送りたいのです！」

挨拶《あいさつ》をして旅の結果を聞かれた途端、ジークハルトは勢い込んでそう主張し始めた。

皇后はふう、と息をついて頷く。

「分かりました」

受け入れてもらってほっとした笑顔を向けたジークハルトの頬に、扇が打ちつけられる。

「そなたが無能だということが」

「……え、母、上？」

憎々しげに目を吊り上げた皇后に頬を扇で打たれたジークハルトは、呆然と頬を押さえながら母親を見上げた。

扇を掌《てのひら》に載せて、冷たい声音で彼女は続ける。

「今そのようなことをすれば、問題を起こしたそなたが犯人だとすぐ気づかれるのが、何故分からないのか。そなたらに同行した暗部の者から、すでに陛下も報告を受けているでしょう。公爵令嬢に無礼を働いて不興を買ったことを。そなたは何故、わたくしの邪魔をするのです！」

言う度に、王妃は頬を庇うジークハルトの手ごと扇で打っていく。

「わたくしが、この地位に上り詰めるまでどれだけの辛酸を舐めたか。そなたの地位を磐石《ばんじゃく》にするための布石を無駄にするなど……はあ、そなたには失望しました。……もちろん、お前達にもです」

皇后の視線の先には、ジークハルトに付き従っていた話し相手の従者達が並んでいる。

いずれは側近にと門閥《もんばつ》貴族から召し上げた同年代の少年達で、全員が上位貴族の令息だ。

彼らがびくりと身体を震わせ青褪《あおざ》める中、フーベルトだけは動じる様子もなく静かな目でジークハルトを見ていた。

（おや？）

皇后はその様子を見て、少し首を傾げた。

「そなたはアーレスマイヤー家の者だったわね？」

「はい、左様にございます。アーレスマイヤー公爵家が次男、フーベルトと申します」

ふむ、と皇后は頷いて、掌《てのひら》に扇をぱしぱしと何度か軽く打ちつける。

アーレスマイヤー公爵家は中立派と言われているものの、現当主は学生の頃から皇帝ダミアンの側近だった。

有能にして冷静、剣の腕も確かで、ダミアンに意見出来る度胸もあるが、機嫌を損ねるようなヘマもしない。高潔にして強《したた》か、機を見るに敏な人物だ。

「そなたから見て、フィロソフィ公爵令嬢はどうだった？　正直に申してみよ」

「美しく聡明であり、淑女としての礼儀も弁《わきま》えておりました。高圧的な物言いにも動じず、笑顔を保ち続ける胆力もあり、一国の王妃として得難《がた》い人物に見受けられました。ただ……」

「構わぬ、続けよ」

ふむふむと頷きつつ、言い淀んだフーベルトを皇后は急《せ》かす。

「今はまだ幼いからか、心から婚約を望んでいないように思われます。余程のことがない限り、公爵令嬢が婚約を受諾するようには見えませんでした。親の言いつけなどではなく、自《みずか》ら望んだことなのかと」

「ふうむ。では、今回の失態はさほどでもないと申すか？」

ジークハルトや従者達が期待を込めた眼差しでフーベルトを見るが、無慈悲にもフーベルトは首を横に振った。

「いえ、僭越《せんえつ》ながら、公爵令嬢には今後数多《あまた》の婚約話が持ちかけられるでしょう。もちろん、皇室や王族、貴族からもです。一度断った相手を受け入れる理由は彼女にはありません。しかも殿下は、求められても拒否すると宣言なさいました」

その一部始終は皇后の手の者からも聞いているだろうが、フーベルトは説明する。皇后は殺気を孕《はら》んだ目をギロリと息子に向けた。

(息子に向けていい目じゃないな……)

冷や汗を流すジークハルトを気の毒そうに見つつも、フーベルトは更に続けた。

「その後、殿下は彼女の兄とも諍《いさか》いを起こされましたので、公爵の耳にも当然入ると思います。この先学園に入学されるまで、公爵令嬢に近づける手段はないでしょう。私も殿下に攻撃的な態度は改めるよう申し上げましたが、生意気だと一蹴されました」

皇后の怒りのオーラが凄まじい。パシンパシン、と扇を手に打ちつける強さが増す。

「そうか。では今後そなたはジークハルトではなく、第二皇子アルフレートの話し相手となりなさい」

「拝命致しました」

これはフーベルトではなく、ジークハルトが無能と切り捨てられた、事実上の戦力外通知である。だが言われた本人であるジークハルトは理解していなかった。

「フン、余計なことを母上に申し上げるからだ」

ジークハルトは偉そうにせせら笑い、従者達も馬鹿にしたようにクスクスと笑う。

「愚かな者は地獄への道すがらも楽しそうでいいわね」

皇后の艶《つや》やかな笑顔を見て、ジークハルトと従者達はわけが分からず固まった。

「今後、わたくしからの連絡があるまで、皇后宮への立ち入りを禁ずる」

冷たく言い放たれた言葉に、ますます理解が追いつかない。

ジークハルトはこの国の第一皇子で、皇后の血を分けた息子だ。

デビュタントを終えるまで、継承権順位の高い皇子達はそれぞれの母親に与えられた宮で共に暮らすのが通常だ。

側妃でも権力のない者、側妾《そくしょう》などの下位貴族か平民達は、後宮内にそれぞれ部屋を与えられるだけで、その子供達は皇子宮で纏《まと》まって暮らしている。

母親への面会にも手順が必要なので、気軽に会うことは出来ない。

当然お互いが政敵であり、虐待もあり得るのだという噂はジークハルトの耳にも入っていた。

そんな最低限の生活は保障されるものの、他の人間に比べて不遇な扱いを受けやすい皇子宮で過ごせと皇后は言っている。

今まで見下してきた側に今まさに落とされたのだ。

「母上、どうか、それだけは！　名誉を回復する機会をいただければ、きっと……！」

「きっと？　きっと何なのです？　政治闘争というのは、薄氷を踏むようなものなのですよ。一度の失敗で命を落とすこともあるのです。そなたには何度も言ってきたはず。最高の家庭教師達も用意したのに、誠に残念でなりません。もしこの先フィロソフィ公爵令嬢を射止めるという奇跡が起きれば、そなたをもう一度押し上げましょう。だが、それは叶わぬ夢と諦めなさい。今後そなたは、弟達のために尽くすのです」

（弟のために働く？　冗談じゃない！　兄なのに！　兄なのに！　兄なのに！）

だが、ジークハルトの言葉から出たのは縋《すが》る言葉だった。

「それならば皇后宮を出ずとも良いのでは？」

暗に弟達のために力を尽くすことを認めたような形だが、皇后の眉間の皺《しわ》は深くなる。

「ますます度し難《がた》い。荷物は後で送らせるから、今すぐ出ていくのです。誰か、この者を皇子宮に送り届けなさい」

もう名前を呼ぶ価値もないというように言い、皇后は軽く扇を動かした。

「母上！」

「早く連れていきなさい。目障りです」

両手を衛兵に支えられながら、何とか母へと近づこうとするも無駄な抵抗だった。

「ええい、放せ。我を誰だと思っている！」

ジークハルトは何度も文句を言うが、鋼鉄の鎧を着た帝国兵は「皇后様のご命令ですので」と言ったきり、何も答えることはなかった。

第五章　罰と謹慎

第一王子アルベルトの誕生会の翌日、昨日の緊張感はどこへやら、マリアローゼは普段通りの日常に戻った。

一通り朝の支度を済ませ、朝食のために食堂へと向かう。

父母や兄達とにこやかに挨拶《あいさつ》を交わし、公爵邸に来たばかりだからか緊張しているロランドに微笑ましさを覚えつつ、マリアローゼは美味《おい》しい朝食を平らげた。

「昨日の疲れもあるだろうから、今日は一日ゆっくり過ごしなさい」

「はい、お父様」

素直に頷くと、両親はそれぞれ用意をして出かけるために退出していく。

兄達はそれぞれの家庭教師との授業が始まる。

「わたくしは部屋で読書致しますが、殿下も一緒にいかがですか？」

「是非、お願いしたい」

二人で少し高めの椅子から下りると、連れ立ってマリアローゼの部屋へと向かう。

部屋にはあれからいくつもの本を運んでもらっていて、王妃訪問の時に取り寄せた家具と一緒に、とうとう本棚も誂《あつら》えた。

そこには、エイラが選んで持ってきてくれた書庫の本がびっしりと並んでいる。

「殿下のお気に召すご本があると良いのですけれど」

「マリアローゼ嬢のおすすめを読みたい」

「あら、そんな他人行儀な呼び方。ローゼでかまいませんことよ」

「僕のことをロランドと呼んでくれるなら」

お互いの譲らない姿勢に、廊下を歩きながらくすくすと笑い合う。

「あ」

マリアローゼはあることに気づいて立ち止まった。

前に図書館を見たいと言って、結局まだ行けてないことを思い出したのだ。

先導するように前を歩いていたエイラが、マリアローゼを振り返る。

「どうかなさいましたか？」

「この機会に図書館に行ってみたいのです」

エイラは少し考えて、返答した。

「このお時間ですと、鍵を借りてこなくてはなりませんので、ひとまず部屋でお寛《くつろ》ぎください」

「分かりました」

当然だが、公爵邸の中はどこでも出入り自由ではなく、鍵の管理は侍女長のフィデーリス夫人が管理している。腰にぶら下げている鍵束が、侍女長の権威であり目印だ。

これからエイラは侍女長に鍵を借りに行くが、主人であるマリアローゼを連れていったり、廊下で待たせることなど出来ない。

マリアローゼは素直に返事をして、再び歩き始めたエイラの後を付いていく。

部屋に入ると、エイラはナーヴァにお茶の用意を言いつけ、鍵を取りに行くために部屋を後にした。

お茶の用意が出来るまで、マリアローゼはロランドに本棚を見せることにする。

「一番下の棚にあるのは、わたくしが直接本屋に参りまして、父に買っていただいた本ですの」

「綺麗な本だね……図鑑もある」

お行儀は悪いが、ぺたん、と絨毯《じゅうたん》に座り込んで本の表紙を見せていくと、ロランドは膝に手を置いて身を屈《かが》めるように覗き込んだ。

頬に落ちるさらさらの銀糸の髪が、流れる水のようで綺麗である。

「そしてこちらは、書庫からエイラに選んでもらった本で、まだ読んでいないものです」

立ち上がったマリアローゼが背伸びしながら掌《てのひら》で指し示すと、ロランドも爪先《つまさき》立ちをして本がぎっしり詰まった大きな本棚を見上げた。

「たくさんあるね……」

「毎日読んで書庫に返しているのですが、減る度にエイラが持ってきてくれますの」

「毎日……」

ロランドはポツリと呟《つぶや》いた後、考え込むような素振りで黙り込む。

マリアローゼの本好きはロランドの予想以上だったようだ。

子供達の背後で用意していたナーヴァが、笑顔で二人に告げる。

「お嬢様、お茶のご用意が整いました」

「ありがとう。ロランド様、お茶に致しましょう」

「そうしよう、ローゼ嬢」

はにかみながら名前を呼ぶロランドは、天使級の可愛らしさだ。

一緒にテーブルについて、他愛ない話をしながらお茶を飲む。

しばらくすると、戻ってきたエイラの先導で図書館へ向かった。

公爵邸は、家族が暮らす本館と客室が備えてある別館があり、更に別棟には使用人用の住居がある。その他、本館から渡り廊下で行ける図書館も鎮座していた。長年に渡って蔵書されてきた、フィロソフィ家の根幹を為す建物だ。

図書館の扉の横には、護衛騎士も二人配備されている。片方は直立しているが、片方は木剣をブンブンと振っていた。

近づくと、二人とも姿勢を正して敬礼する。

「ご苦労様です」

「はっ」

エイラは一度立ち止まって会釈《えしゃく》を返すと、また背を伸ばして通り過ぎる。

まさか図書館に護衛がいるとは思わなかったが、マリアローゼも挨拶《あいさつ》をした。

言葉がかかると思っていなかったのか、護衛からは少し間を置いて短い返事があった。

エイラが鍵を開けて扉を開けてくれたので、中へと入る。

短い廊下の先に大きな両扉の入り口と、廊下の左右にはそれぞれ部屋があった。

そこには膨大な量の書架が並んでいた。

外からは分かりにくいが、部屋は円形になっていて、やや湾曲した本棚が壁に沿って置かれている。中央には大きな丸い机があり、それを囲むように湾曲した長い机が並ぶ。

正面の入り口からは、中央の円形広間への階段が続いている。

階段が一つ終わると踊り場があり、そこから左右に本棚に区切られた通路が伸びているのだ。

踊り場を五度ほど越えると中央の大きな机に辿りつく。

通路を挟んで並んだ本棚が中央の机達を取り囲むように、配置されているので、中心から見ると、高さの違う書架達に見下ろされるかのような光景になっている。

更に壁際には天井近くに至るまで本が並んでいて、天井には美しい絵画が描かれていた。

「ふあぁぁ」

思わず感嘆の吐息が漏れる。

(なんて美しく、荘厳な風景なの……)

マリアローゼは呼吸すら忘れたように、室内の内装に目を奪われた。

「お待ちしておりました」

優しげな低い声が聞こえたので、そちらに目をやると、銀灰色の髪をゆるく後ろで括った美青年が、胸に手を当てて敬礼をしている。

この世界でもさほど珍しくはないが、高級品ではある眼鏡をかけている。

銀色の細かい装飾に、眼鏡の留め金の部分には左右とも小さな鎖が付いていて、眼鏡を外しても首にかかるような作りになっていた。

彼は理知的な紫水晶の眼を瞬《またた》かせて、優しい笑顔を向ける。

やはり、顔面偏差値は高い。

「この図書館の管理を任されております、主任のヴァローナと申します」

「初めまして、マリアローゼです」

「ロランドです」

スカートを摘《つま》んでちょこんと淑女の礼をするマリアローゼに、更に笑みを深くしたヴァローナが言った。

「マリアローゼ様は読書を好まれると耳にしております。この図書館のことで、何か質問などございましたら、何なりとお申しつけください」

「よろしくお願い致しますね」

マリアローゼが頷いて返事をすると、傍《かたわ》らのエイラがそっと補足した。

「ヴァローナ様には、お嬢様の本を選ぶ時にいつも手伝っていただいております」

「まあ！」

マリアローゼは驚きの声を上げた。

（確かに、この蔵書の中から目当てのものを見つけ出すのは至難の業《わざ》だわ。もうすでに彼にお世話

になっていたのね）

「いつもありがとうございます、ヴァローナ」

「喜んでいただければ幸いです。私は入室記録を記入しに行きますので、どうぞご自由にお楽しみください」

マリアローゼの礼にヴァローナはぺこりと会釈《えしゃく》すると、エイラとも目礼を交わして、入り口脇のテーブルの方へゆっくりした足取りで向かう。

早速マリアローゼは、本を読みたくてうずうずしていたロランドと、一段目の本棚の通路を巡り歩いた。

（こ、ここを歩くだけで体力がつくのでは……？）

王国内どころか、大陸でも屈指の大きさと蔵書量を誇る図書館と言われているだけある。

いつも先導して歩くエイラは、二人を自由に歩かせるため少し後を付いてくる。

（ここまで広いとは思わずに、気軽に本を頼んでいたけれど、かなり我侭《わがまま》を言ってしまってたのね……）

「あの……エイラ、こんなに広いと思わなくて……今まで大変でしたでしょう？」

もじもじと窺《うかが》いながら訊《たず》ねるマリアローゼに、にこりというよりはニヤリに近い笑みを浮かべたエイラが返す。

「いいえ、管理人の方達が手伝ってくれますので、さほどでもございません。それにワゴンも使っておりますし、お気になさらずに」

「でも最初は夜でしたし……」

更に申し訳なさそうにもじもじするマリアローゼ。

（あの時はどうしてもこの世界のことが知りたくて、無理を通してしまったのよね）

記憶が蘇《よみがえ》ったばかりで焦っていたことを、マリアローゼは思い返す。

今もその知識欲は薄れてはいないが、あの時ほど切羽詰まってはいない。

「夜でも明るいので問題ありません。……ああ、こちらの図書館は夜の方が人が多いのですよ」

思い出したように、エイラは図書館を見回した。

「えっ？　何故ですの？」

不思議に思ったマリアローゼが聞き返す。

マリアローゼは夜に部屋から出ることは出来ないが、普通図書館は夜には閉まるものではないのだろうか。

きょとん、と目をまあるくしたマリアローゼに、エイラが丁寧に説明した。

「この図書館は王国でも随一の施設ですので、昼間は貴族の方々や学者様だけでなく、冒険者や商家の方も知識を求めて参られます。もちろん持ち出しは禁止ですので、数日通う方もいらっしゃいます。ですので、管理人達は夜に写本や本の整理などをしているのですよ」

「そうですのね！　勉強になりましたわ」

本屋や本の印刷の様式を見て印刷技術が存在するのは分かっていたが、まだ大量に印刷する技術はないらしい。希少本や重要な本、古い本はやはり写本に頼っているのだろう。

「ふーむぅぅ」

この世界にも文明の過渡期というものがある。

これまで紙や硝子《ガラス》の発明など、文化が飛躍して発展する時期があったようだが、そこに転生者の存在を感じずにはいられない。

前世の世界においても「天才」と呼ばれる人達の一部には、異界の知識を持つ者がいたのだろうか。

今まではこの世界を壊すような発明はされなかったのかもしれないが、ゆくゆくはそういったものが生まれる可能性はある。

それに対抗するには、この世界特有の摂理である魔法が必要になるのかもしれない。

まさに今転生者としての記憶を持つ自分がいることに、更にヒロインという不確定枠の存在に、漠然とした不安を感じるマリアローゼだった。

「魔法……魔法……」

「駄目でございます」

ブツブツと繰り返されるマリアローゼの呟《つぶや》きに、背後からエイラのピシャリとした言葉が飛ぶ。

「ひぇ……」

マリアローゼはエイラの圧に小さく悲鳴を上げた。対策を練ろうとしただけなのだが、魔法の本を探そうとしていると勘違いされたようだ。

姉弟を助けた時の卒倒事件を機に、魔法は禁じられている。本を読むのさえ、許されていない。

解禁されるのは、あと数ヶ月後、社交の季節が終わって領地に戻ってからと言われている。

このやり手の侍女を敵に回す気は、マリアローゼにはなかった。

彼女の圧に、今考えていたことが頭からすっぽ抜けてしまう。

「ローゼ嬢、この本綺麗だよ。見てごらん」

「……本当ですね、綺麗です」

ロランドが手に取っていたのは花の図鑑だった。

植物図鑑は愛読書の一つだが、花だけの図鑑はまだだった。綺麗な花の挿絵が目に楽しい。

「エイラ、これを借りたいですわ」

「承《うけたまわ》りました」

エイラは会釈《えしゃく》をした後、どこからか木製のワゴンを押してきて、その上に本を載せる。

ロランドは嬉しそうに微笑んでから、また本を探し始めた。

そうやって二人で十冊ほどの本を選んだところで、正午を知らせる鐘が鳴った。

「そろそろお食事の時間ですので、本日はここまでに致しましょう」

「そうですね」

「分かった」

二人の同意を得て、エイラが入り口脇のテーブルにいるヴァローナに本の貸出を依頼する。

ふと、マリアローゼが図書館の中心を振り返ると、いつの間にかまばらに人影があった。

先程エイラが説明していた、本を探しに来た人々だろう。

三人は来た時と同じく騎士達と会釈《えしゃく》を交わして、本館に戻っていった。

兄達と談笑をしながらの昼食を終え、ロランドと一度別れて昼寝をしたマリアローゼは、午後は借りてきたばかりの本を読んで過ごした。

再度合流したロランドは途中まで一緒に本を読んでいたが、自身の侍従と護衛騎士と共に、剣の修行をするために外へ出ていった。


剣を学びに行くロランドを見送って、マリアローゼは物思いに耽《ふけ》っていた。

魔力切れで使用禁止を言い渡された魔法のことだ。

魔法は、平民でも生活魔法の術式を使うくらい身近な存在だ。

開発したのは古《いにしえ》の魔術師で、そのおかげで魔力の乏《とぼ》しい平民でも利用することが可能になったのだという。

例えば、火と風の組み合わせで使える温風という魔法。この魔法で髪や洗濯物を乾かすことが出来るのだが、術者に火属性と風属性の素養がなければそもそも使えない。

だが、素養にかかわらずそれを可能にする簡易的な術式を組んで、生活魔法として確立したのが昔の偉人達の功績だ。

更に精緻《せいち》な調整で、乾燥させる魔法を料理や錬金術に転用出来るようになったのだが、一般的には温風までが生活魔法の範囲となる。複雑すぎる術式は術者への負担も大きく、平民では使いこなせないからだ。

生活魔法の術式は親から子へ伝えていくか、教会で付与してもらうことが可能である。

また、各種ギルドでも購入することが出来る仕組みになっていた。

だが、貴族階級の人間は生活魔法の術式を持っていない者の方が圧倒的に多い。

貴族の家門には、それぞれ得意な属性魔法の系統がある。

火、水、土、風の四元素に、光と闇。

この六種類の元素を単独で使用、または組み合わせることで魔法を構築する。

貴族の魔法は、術式の構築と詠唱をその場で行うものが通常だ。攻撃や治癒、移動や防御など多岐にわたる魔法を、その場の状況に応じて作り出すのだ。

治癒は光か水属性に分類されるので、他の属性では使えない、というように術者の属性によって使える魔法が変わってくる。

瞬時に魔法行使する詠唱破棄も、長い詠唱を以て威力を拡大することが出来る完全詠唱もあり、色々な使い方があった。

だから魔法を使えるようになった子供達は、家庭教師に扱い方を学ぶ。

つまり生活魔法と属性魔法の違いを簡単に言えば、生活魔法は即席ラーメン、属性魔法は調理したラーメンなのだ。お湯だけで簡単に誰でも作れる決まった味の即席ラーメンと、具材や調理方法で様々な味の変化を楽しめる普通のラーメン。

手間がかからない分、効果が限定的で戦いに向かない生活魔法と、下地と素養に勉強が必要になるが戦闘にも使える属性魔法。

大きな違いがそこである。

そして、貴族が生活魔法を必要としていない一番の理由は魔法石の存在だ。

魔法石には、精緻《せいち》な術式を付与して組み込むことで、物を冷やす冷蔵庫や明かりを点《とも》す光源などを作り出せる。

だが、魔法石の核となる魔石は魔獣を倒して得るという方法でしか手に入らない。貴重な魔石を使った魔法石と、その魔法石を組み込んだ魔道具は高価なものとなっている。

故《ゆえ》に貴族と庶民では、使える生活用具に雲泥の差が出る。

例えば、公爵邸では蝋燭《ろうそく》は使わない。邸内は全て魔法石の室内灯が設置されているからだ。

だが、大衆の酒場や一般の家庭では蝋燭《ろうそく》や燭台、角灯が用いられる。その方が安価で無駄がないのが理由だ。当然光度は落ち、手元や足元を照らすくらいの明るさしかないが、彼らとしては生活に必要な範囲で照らせればいいのである。

ちなみに魔獣と近しい動物には魔石はないとどの本にも書いてある。

(動物と魔獣の違いは何かしら?)

それは多分魔法の有無だろうという考えに至る。

動物は物理的な攻撃しかしないが、魔獣は魔法や魔法に類する技を使ってくると本には書いてあった。

(ということは……人間にも魔石があるの?)

今まで読んだ医学書的なものにもそういった記載はない。

(人間が死んだ場合は、魔法はそのまま霧散してしまうのかしら？　凝固させて取り出すことは……)

「駄目よ、駄目！　それ以上は危険な考えだわ」

とってもマッドな思考に行き着いて、マリアローゼは我に返った。

「お嬢様？」

「な、何でもありませんの……」

目を泳がせてエイラに両手を振るマリアローゼは挙動不審そのものだ。

今までそんな研究がされていないということはないだろうし、禁書や禁術になっていたとしても完全に秘匿《ひとく》されるだろう。

研究などしていたら人を実験台にしなくてはならず、捕まって処刑されるのが関の山だ。

(危ない思考はここで終わりにしよう)

エイラの目も冷たいし、とマリアローゼはエイラを盗み見る。

エイラは目を逸らさずに、じっとマリアローゼに視線を注ぎ続けている。

(こわい)

スッと先に目を逸らして、生活に役立つ程度に軽く使える魔法はないだろうか、とライトな思考に切り替える。

(例えば……そう、普段は見過ごされているもの。魔法を使わなくても得られるけれど、魔法を使えば労力が少ないとか。ああ、でも思いついたら試したくなるわね……)

試したくなるけど、禁じられている。

エイラを窺《うかが》うようにチラリと視線をやると、エイラは黙って首を横に振った。

（ですよね）

何をしようとしてるか分からないにもかかわらず却下されてしまう。

（魔法だめ。お父様の言いつけ、絶対）

マリアローゼはしょんぼりしたまま、手元にある綺麗な花図鑑に目を落とした。


「お父様……素晴らしいお考えですわ……!!」

晩餐《ばんさん》の席で、マリアローゼは感動に打ち震えていた。

「ああ、君なら喜びそうだと思ったが……」

父は形の良い指を綺麗な顎に当ててくすくすと笑う。

家族全員とロランドと共に晩餐《ばんさん》を終えた後、ジェラルドが謹慎期間中の罰について説明した。

『寝食以外の時間に、使用人としての仕事を学ぶ』

普通の貴族では考えられない、あり得ないくらいに柔軟で斬新な罰だ。

思えば、今回迷惑をかけた人々は城に仕える使用人達である。彼らの気持ちを理解するのにちょうどいいやり方だ。

元々屋敷の中のことに興味もあったので、マリアローゼは大歓迎だった。

以前の気位だけは高いロランドなら猛反発しただろう父の提案だが、ロランドは素直にこくりと頷いている。

マリアローゼと目が合うと、嬉しそうににっこり微笑んでくる。

(可愛い。頭をわしゃわしゃ撫でたくなる可愛さ！)

ジェラルドからロランドとマリアローゼに課せられた罰——いや、罰という名のお勉強は、使用人の仕事を覚える、言わば職業体験である。

とはいえ、教わるのは王子と公爵令嬢。身分の高さも年齢の低さも、実際の仕事に携わるわけにはいかないレベルだ。

起床も就寝も昼寝も、食事も全て普段の生活通り。これまで授業にあてていた時間を、使用人指導の下、少しお手伝いする程度だと説明される。

「いけませんわ、お父様。それでは話の始めと終わりが尻切れ蜻蛉《とんぼ》っと……ドラゴンですわ」

「どういう意味だい？」

思わず日本語の故事成句が出てしまい、蜻蛉《とんぼ》がいるのか分からずドラゴンに言い換えてみるが、父には微妙な反応をされてしまった。マリアローゼは誤魔化すように、んんっと喉を鳴らして言い直す。

「頭と尻尾を落としてしまったら、蛇を見てもそれが蛇だかただのうねうねだか分からないのと一緒です」

「ただのうねうね」

ものすごい理論をぶつけられ目を丸くするジェラルド。

ランバートは、笑いを噛み殺すように視線をあらぬ方へと向けたまま直立している。

マリアローゼにはそのつもりはなかったが、ランバートはその言葉に笑いのツボを刺激されたようだった。

「ですから、初日だけでも、朝から……一日の始まりから見学致します！」

ばん！　と力強くテーブルに手を置き、身を乗り出すマリアローゼの勢いに、父は少し仰け反ってから答えた。

「分かった、分かった。その分お昼寝できちんと休憩を取りなさい。ランバート」

目を逸らしていたランバートがきっちり礼をして、食堂から颯爽《さっそう》と出ていく。

娘の向かいに座るロランドも特に文句はないようだが、ジェラルドは一応確認の言葉を投げかけた。

「殿下もそれでよろしいのかな？」

「はい。よろしくお願いする」

「では、今日はもう早く休まねばなりませんわ」

ふんすふんすとやる気に満ちているマリアローゼは椅子から下り、食堂を出ていく前に両親と兄達に挨拶《あいさつ》をする。

「お父様、お母様、おやすみなさいませ」

「おやすみ、ローゼ」

「おやすみなさい、ローゼ」

父と母と兄達の優しい声が折り重なり、マリアローゼはにっこりと微笑んでから食堂を後にした。

エイラにノクスやルーナ、兄達への伝言を言付け、不寝番のリーナにも必ず起こすよう念押しすると、マリアローゼはふかふかのベッドに潜《もぐ》り込む。

あっという間に睡魔はやってきた。


「ううっ……ねむい……ですわ……」

まだ外は暗い。

（こんなに朝早く起きるのは、一体どれくらいぶりかしら？）

公爵令嬢として生まれてこの方、こんな早朝に起こされたことは一度たりとてない。

前世は早朝に仕事に行っていたが、もっと日が昇ってからだ。

（旅行に出かける時、始発に乗るために無理矢理起きた、あの時間帯が近いかなあ……）

眠い目を擦りつつ、マリアローゼはぼんやり遥か昔の記憶を思い出す。

「お嬢様がどうしてもと仰《おっしゃ》るので、少し早目にお目覚めいただきました」

気遣いながら、リーナが髪を梳《す》いてくれる。

身支度も整えなくてはいけないのだから、当然である。

マリアローゼは眠いながらも、リーナに鏡越しに微笑みかけた。

「ありがとう、リーナ。あと……髪の毛は邪魔にならないように纏《まと》めてください」

「承《うけたまわ》りました！」

機嫌を損ねたわけではないと分かってリーナも笑顔になる。彼女はマリアローゼの望み通り後ろ髪を一つに編み込むと、毛先をくるりと巻き付けるように纏《まと》め髪留めで留めた。そして、上から覆うように白い布の帽子を被せる。

後は、この日のためだけに用意されたと思《おぼ》しき使用人のお仕着せを着せられていく。

下着の白いワンピースと、ドロワーズやパニエはいつも通り黒い前開きのワンピースで、袖は肘が隠れる程度の五分丈。エプロンもワンピースの長さも普段のドレスより少し短い。

「なんて可愛らしいんでしょう……」

リーナは胸の前で手を組んで、感激したように頬を染める。

マリアローゼは鏡に映る自分の姿を見つめる。

繊細な銀色の睫《まつげ》に覆われた瞳は大きく宝石のように煌《きら》めき、ぷっくりと膨らんだ頬は薔薇《ばら》色だ。

帽子の白い色と相まって、可愛らしい頬が強調されている。

くるりと鏡の前で回って全身を確認したマリアローゼは、リーナににっこりと笑いかけた。

「ありがとう、リーナ。さ、向かいましょう」

「はい」

あらかじめ用意してあった角灯を持つと、リーナは真っ暗な廊下を歩いていく。

初めて見る夜の廊下は真っ暗で、窓の外の方が月の光でまだ明るく見える。

部屋に面している場所は鎧戸もきっちり閉められているので、何も見えないくらい真っ暗なのだ。

階段までやってくると、淡い光源が階段脇に据えられていて、少し明るくなっている。

途中で使用人通路を抜けて使ったことのない扉を抜けると、庭へと出た。

まるで隠し通路である。

当然の如《ごと》く、マリアローゼはわくわくが止まらなかった。

(この機に我が屋敷を網羅するのです……!!)

ふふふっと怪しい笑いを漏らしたマリアローゼに、リーナが振り返って言う。

「足元に注意なさってくださいね、お嬢様」

「ええ」

怪しい笑みを引っ込めたマリアローゼが鷹揚《おうよう》に頷く。

庭には、待機していた騎士が敬礼をしてからマリアローゼの後に続いた。

栗色の髪に暗緑色の目の、少し犬っぽい懐こさを感じる青年だ。

(どこかで見たような？　うちで働いているのだからそうだろうけど、もっと何かこう、近くで見たような気がする……)

マリアローゼは青年をチラチラと見上げつつ、うーむと考え込んだ。

(家を出たのはアルベルト殿下のお誕生会……それから本屋……)

ハッと思い当たって、マリアローゼは後ろを振り返った。

「もしかして、街へ行った時に同行してました？」

「覚えてたんすか、はい、そうっす。フェレスって言います」

砕けた物言いが珍しくてくすっと笑うと、振り返ったリーナは眉を顰《ひそ》めて言った。

「フェレスさん、言葉にはもう少し気をつけて」

「あー、これでも前より良くなったんだよなあ……」

マリアローゼはリーナも同僚にはこんな風に喋《しゃべ》るのかと驚き、頭を掻いて言い訳するフェレスと交互に見る。すると、気づいたリーナがぴょこんと飛び上がるように驚いてからお辞儀した。

「お嬢様の前なのに、申し訳ありません」

「リーナのいつもと違うところが見れて、楽しいです」

本心から言うと、リーナは照れたようにはにかんだ。

フェレスもニコニコと人懐こい笑みを浮かべて一緒に歩き始める。

「フェレスは貴族ではありませんの？」

「はい。そうっ……そうですね」

砕けた言い方になりそうになり、リーナの視線に気づいたのかフェレスは丁寧に言い直した。

本当はそのままでいいのだが、マリアローゼが許してしまえば彼の成長の妨げになるだろうし、リーナの注意を無駄にすることにもなるので、口出しを我慢する。

「私は元冒険者なんですよ。旦那様の護衛が足りなかったとかで、急な依頼を受けたのが最初です。元々出身はこの近くだし、兄弟を養わなきゃならんのもあって遠出は出来ないんで、そのままこのお屋敷の警護の仕事をもらったんです」

(冒険者ギルドに、貴族からの護衛依頼……ＴＲＰＧゲームみたいで懐かしい)

「そういうこともありますのね。今度、冒険のお話を聞かせていただけないかしら？」

「仕事の時間じゃなければ、いつでもどうぞ」

ニカッと明るい笑顔を見せるフェレスは、尻尾をブンブン振る大型犬のようだ。

(こんなに早く生の冒険者に会えるなんて思ってもみなかったわ)

また顔に出そうになった怪しい笑いを呑み込んだところで、木々に紛《まぎ》れて大きな建物が見え始める。

「あちらが使用人棟です」

「結構離れているんですのね」

本館と別館は前後に並ぶように建てられ、渡り廊下で一階部分と二階部分が繋《つな》がっているので近い。屋敷と屋敷の間には優美な中庭があり、噴水もある。

だが、使用人棟は更に奥、木々の後ろに隠すように建てられていた。この裏手の方は今まで足を踏み入れたことはない。

さくさくと草を踏む音を立てながら近づくと、棟の向こうには厩舎《きゅうしゃ》もあり、馬以外の家畜も見え隠れしている。

使用人棟の前に着くと、ちょうど下男が外から戻ってきたところだった。

こちらの姿を見て、ぎょっとしたように驚き、後退《あとずさ》りして姿を隠してしまう。

「何故隠れてしまうのかしら」

「高貴な方々の目に触れないように言いつけられているのです」

「そう。なら問題ありませんわね」

とととっと走り寄って、マリアローゼは下男を見上げた。

「今は隠れなくて大丈夫。お話をしてほしいの」

丁寧な言葉遣いでは聞き取れないかもしれない。と思って、なるべく簡単な言葉で話しかけると、頭巾《ずきん》を被るように隠れていた下男が、警戒しながらもマリアローゼを恐る恐る見た。

「へ、へえ……」

「貴方はどこから来たの？　何をしているの？」

「ワシは農夫で、野菜を運んできたんでさぁ。そっから、こっちの畑の世話をして、明るくなったら帰って家の畑もやるんです」

「大変ね。ご苦労様。お邪魔をしてごめんなさい」

下男はモゴモゴ口ごもると、ぺこぺこしながら荷車へ向かい、箱に積まれた野菜を勝手口の方へ運んでいく。

「料理はここで作っているの？」

「いえ、ここでは下処理までして、本館へ運びます。使用人の料理はここで作られますが、皆様がお召し上がりになるものはここでは料理致しません」

「そうだったのね……」

何だかすごく手間がかかっているように聞こえるが、前庭を横切ったり、正面の門から荷車で野菜を運んだりするのは見映えが悪いということなのだろうか。

（生ゴミをここで一括処理するなら、逆に手間を省くことになるのかしら）

マリアローゼが考え込んでいると、後ろからさくさくと草を踏む音が聞こえてきた。

「おはよう、ローゼ嬢」

「おはようございます、ロランド様」

眠そう……ではないロランドが現れて、お互いに挨拶《あいさつ》をして笑顔を交わす。

彼の後ろには、王宮から付いてきた侍従も佇《たたず》んでいる。

オールバックにした金髪の、なかなかに目付きの鋭い眼鏡のイケオジだ。名前をテースタという。

今までの侍従と違うのは、王宮を出ても王子が快適に過ごせるように、ベテランを付けたからなのだろう。微塵《みじん》も眠そうな雰囲気を感じさせない、というか、眠るとかしなさそうな御仁である。

ランバートといい勝負かもしれない。

(きっと王宮版スーパー執事ね!)

その時ちょうど使用人棟の明かりが灯り始めて、フェレスは入り口の脇に立つ。

「じゃあ、俺はここで待ってますので」

リーナは何か言いたげな素振りを見せつつも、会釈《えしゃく》をして使用人棟の中に入っていく。

そして、初めてノクスとルーナの部屋に案内された。

「おはようございます、お嬢様」

待ち構えていたかのように、いつものお仕着せを着た二人が深く最敬礼をする。

部屋は質素で素朴だが、決して汚くはない。

元々一人部屋なのかもしれないが、ここにはベッドが二つ並んでいて、壁際には大きなタンスが一つ。後は机と椅子が二脚ずつあり、それでもう部屋はいっぱいだった。

壁には勉強用の簡単な数式や、勉強用の文字列など書きとめた紙が貼られている。

「お邪魔します。ここが二人のお部屋なのね」

マリアローゼは、ふんふんと頷きつつ見て回る。

窓から庭と木々が見えるが、天井が片方が低いのは階段下の部屋だからだろうか。

布団も清潔だし、床もピカピカに磨いてあった。

「掃除がちょうど終わったところです」

「そうですのね。二人はこれから何をしますの？」

「台所で手伝いをします」

「じゃあ、そちらに参りましょう」

マリアローゼは健康的になった二人の生活環境が見れたことに満足し、にこにこと微笑んだ。


いつも通りに、と指示されている下男と下女は、マリアローゼと挨拶《あいさつ》を交わした後、最初は仕事をしにくそうであったものの、だんだんと忙しくなっていき、いつもの喧騒に包まれていく。

まるで昔に見た映画のように活気のある風景に、マリアローゼの心は和《なご》んだ。

芋の皮むきをしたり、ぶら下がっている野菜や腸詰を運んだり、粉からパンをこねたり。

そこにはまさに人の営《いとな》みがある。

ふと目に入った台所の隅にあるテーブルは、大人数が座れるように長くて大きい。

その端っこにマリアローゼとロランドがちょこんと座ると、ノクスとルーナが食事を運んできた。

「いえ、お嬢様には……」

リーナが制止するが、マリアローゼは大きな瞳を輝かせて、リーナを見上げる。

「お願いリーナ、わたくし是非、食べたいわ」

可愛らしさを最大限に引き出すかのように小首を傾げてお願いされて、リーナはうっと答えに詰まる。

「お嬢様がお望みでしたら……」

エイラに叱られるかもしれないが、どうしようもないというように小さく頷く。

マリアローゼのお願いに逆らう術《すべ》は、リーナにはなかったようだ。

嬉しそうに頷いて、マリアローゼはルーナから皿を受け取った。

ハラハラと成り行きを使用人達が見守る中、マリアローゼは添えられたスプーンでスープを口に運ぶ。

「美味《おい》しい……とっても美味《おい》しいわ」

芳醇な野菜と肉の旨《うま》みと、すっきりとした塩気。それにハーブも何種類か入っているようだ。

何より熱々の温度と空腹が、いいスパイスになっている。

何度も美味《おい》しいと言われて、料理人達が嬉しそうに照れ笑いを見せる。

「ロランド様もお召し上がりになって。すごく美味《おい》しいですわ」

ノクスがロランドの前に皿を置き、自分の食事も取りに行くため席を離れた。

ロランドが許可を得るように侍従の顔を見上げると、厳しい顔の侍従はこくりと頷いてみせる。

恐る恐る、粗末な木のスプーンを握り……

ぱくり。

「……お……美味《おい》しい……」

ロランドにとっても驚くべき体験だったようだ。

王宮で豪華な食事は食べ慣れているだろうが、未だに儀礼的な毒見もあり、料理が全て熱々ということはない。

素朴だけど熱いスープが空腹の胃に染み渡る感覚は、新鮮だったに違いない。

「ね？　言いましたでしょ？」

まるで自分の手柄のようにドヤッとしたマリアローゼは、パンやサラダも食べ始めた。その度に新鮮だわ！　やら、いい塩加減だわ！　やら、褒め言葉を口にする。

少し離れたところで、皿を手に戸惑うようにルーナとノクスが立ち尽くしている。

二人も食事の時間なのだが、主人と同席するべきではないと思っているのだろう。

マリアローゼはそんな二人の様子を察して、自分の傍《かたわ》らの椅子を小さな手でたしたし、と叩く。

「さあ、ルーナとノクスも一緒に食べましょう。他の皆さんも、一緒にどうぞ」

誘われた他の使用人達も最初は戸惑っていたものの、ルーナとノクスがマリアローゼに従うのを見て、同じテーブルに着く。そして恥ずかしそうな笑みを浮かべつつ食事を始めた。

フィロソフィ公爵邸の料理が、他の貴族の屋敷の賄《まかな》いと比べて随分と上等で美味《おい》しいのは使用人

達の共通認識らしい。

だが、恵まれた環境にいても、それを再認識する機会がなければ、だんだん忘れてしまうものである。

仕える主人であり、だが顔を見ることすら許されない人々のうちの一人が同じ食卓に着き、同じ食物を食べ、それを美味《おい》しいと褒める姿は、使用人達の目にどう映るだろうか。

大事に扱われていると感じて、より一層真面目に勤めようと決意を新たにしてもらえたら嬉しい。

「この公爵邸の飯は格別ですよ」

「そうそう。ご馳走です」

笑顔で語りかける下男や下女に、マリアローゼは咲き誇れる花のようにニッコリと微笑んだ。

「美味《おい》しい食事を食べられるのは、幸せね」

「間違いねえや」

ドッと笑いと喝采《かっさい》が起きる。

ノクスとルーナも嬉しそうに食事を続け、ロランドもぺろりと食べ終えた。

マリアローゼもすっかりお皿を空にすると、ノクスとルーナがそれを下げて、水道から汲んだ水を使い桶で洗い始めた。

「皆さん、お邪魔しました。お食事はとても美味《おい》しくて、とても楽しい時間でした。またいつか参りますので、その際にはよろしくお願い致します」

丁寧な言葉遣いと、綺麗な所作で小さなお嬢様にちょこんと挨拶《あいさつ》されて、そこにいる者は皆、再会と歓迎の言葉を投げかけた。

軽くアイドル状態である。

使用人達の熱気に包まれながら、一行は食堂を後にした。


使用人棟を出たところで、フェレスと共にエイラが待機していた。

彼女はいつも通り丁寧にお辞儀をしてマリアローゼとロランドに挨拶《あいさつ》すると、リーナを見る。

「ここからは私が引き継ぎますので、リーナはお下がりなさい」

「かしこまりました。お嬢様、失礼致します」

リーナが挨拶《あいさつ》をして去っていくと、エイラは二人を案内するために歩き始めた。

先程遠目に見た厩舎《きゅうしゃ》の方へ近づくと、独特の匂いが漂《ただよ》ってくる。

「こちらの厩舎《きゅうしゃ》にいるのは、主に農馬と荷馬でございます。他にも牛や山羊からは乳を、鶏からは卵を得るために飼育しております」

割と大きな建物で、下男達が動物の世話をしているらしい。

ここまで離れると、屋敷にいても動物の匂いや鳴き声が全く届かないのも当然だ。

(敷地内に生き物がいるとは、全然予想していなかったわ)

更に奥へ行くと、今度は大きな畑が広がっていた。

(何故畑が？)

マリアローゼの不思議そうな視線に気づいたエイラが、頷いて答える。

「先々代が趣味でお始めになられたと聞いております」

（ああ、さっき会った農夫さんもここで畑をやると言っていたけど、確か……小説の中ではヒロインのマリアローゼがここを発見して農業をしていたんだっけ）

そう考えると、何だか感慨深くなる。

使用人棟の裏手に回ると、もう二つ建物があり、エイラが手で指し示す。

「あちらは洗濯室でございます。外に委託するお屋敷もたくさんございますが、公爵邸では専門の職人と下女が主に洗濯を任されています」

まだ日が昇りきっていないからか誰もいないようで、シン、としている。

「洗濯が始まるのは、使用人達の洗濯物を回収してからになりますね。皆様の朝食の時間に、侍女や小間使い達が本館の洗濯物とシーツを回収致しまして、洗濯は午後から始めております」

マリアローゼはふむふむと頷いて、さくさくとエイラの後を付いていく。

「奥の建物は工房となっておりまして、主に修繕などをしております」

「何を修理致しますの？」

「馬具や武器は鍛冶工房が担当しておりますので、それ以外は全て、でしょうか。魔道具の修繕や製作もしておりますよ」

「そ……それはかなり高度な技術なのでは……？」

「左様でございますね」

さらりと肯定されて、マリアローゼはふむぅ、と唸る。

さすが、王国の権力者である。

規模は王城には敵《かな》わないが、人材はどうだろう。

両親とこの国の頂点にいる二人が友情と血縁で繋《つな》がってる故《ゆえ》に、謀反などは欠片《かけら》も疑われないだろうが、王家を凌《しの》ぐなどと揶揄《やゆ》されるのも分かる。

王国の筆頭公爵家とはいえ、色々規格外な環境なのだが、ロランドやテースタに内情を見せても問題ないくらいには王家からの信頼が厚いのだろう。

しばらく歩くとまた木立があり、それを過ぎたところで図書館の大きな建物が見え始めた。

裏手にあるのは、図書館の管理人の住居らしい。

そのまま図書館への渡り廊下を横切って、王妃をお迎えした前庭へと辿りついた。

(広い。王宮の広さに比べればマシだけど、広い)

前庭では、普段見ない庭師達が庭木の世話をしている。

本館を振り返るが、まだ暗く静まり返ったままだ。

「すごいですわねえ。皆様こんな早くから働いていらして……」

「城でもそうなのか?」

ロランドが背後に控えるイケオジ侍従を見上げると、テースタはコクリと頷いた。

「城での規模は更に大きいですが、概《おおむ》ね同じかと存じます」

「そうか」

ふんふんと頷いたロランドを見て、マリアローゼは微笑ましくなる。

小説の中の彼は、兄や周囲への嫉妬で捻《ひね》くれていた。あのままいけば、遠くない未来に王位継承権の剥奪や廃嫡、もしくは死が待っていただろう。今ではそのような雰囲気は全くないし、きっと、もうそんな未来は来ない。

(彼の未来がいい方へ変わったのなら、良かったわ)

育てた朝顔がしっかりと蔓《つる》を伸ばして、添え木に絡まり真っ直ぐに伸びていくような……そんな嬉しさと誇らしさをマリアローゼは感じた。

エイラに伴われて更に進むと、本館の正面と馬車回しが見えてきた。

本館の正面には、護衛騎士が二人佇《たたず》んでいる。

彼らはマリアローゼ達に気づくと、敬礼の姿勢をとって挨拶《あいさつ》をする。

正面の大きな門の側にも、騎士が内と外に二人ずつ配置されていた。

屋敷の近辺で警護する騎士達は軽装だが、門扉《もんぴ》のところにいる騎士は重装備だ。

本館の前を通り過ぎると庭の向こうにまた木立があり、その奥に二つ目の厩舎《きゅうしゃ》と、更に奥に馬車を収める車庫も見えてきた。

「こちらで管理されているのは、軍馬と馬車馬でございます。世話は馬丁と御者がしております」

ここにいる馬は確かにスラッとした見た目で、モサッとしていた農馬と雰囲気も全く違う。

何より数が多く、厩舎《きゅうしゃ》も先程の五倍くらいは大きい。

御者も世話をしているのは意外だったが、やはり普段から接していた方が扱いやすいのだろう。

「この子達、運動はどこでしているのかしら?」

「車庫の横に道がございますでしょう。あの道を辿っていくと馬場がございまして、そこで騎士様達の乗馬訓練もしております」

はふぅ、とマリアローゼは感心の溜息を零す。

(道理で健康そうなわけね。しかも軍馬の運動と訓練を兼ねているなんて、合理的だわ)

「車庫の管理は御者がしております。点検や修理の時は工房から人を送っておりますが、いつ旦那様や奥様がお出になってもいいように、毎日点検は欠かしておりません」

両親が事故で……などということにはなりたくないので、力強くマリアローゼは頷く。

危険の芽は摘《つ》んでおくに越したことはないのだ。それには日々の献身が物を言う。

やり直しだのループだのがない世界では、慎重に日々を過ごすことが肝要だと、マリアローゼは改めて思った。

厩舎《きゅうしゃ》と車庫の間を抜けると、目の前に大きな建物があった。

本館や別館と違い、武骨な造りである。

「こちらは兵舎でございます。騎士様達の宿舎で、隣にあるのが鍛冶工房でございます」

兵舎の方は一階に明かりは灯っているが、二階と三階は暗いままだ。

鍛冶工房はまだ仕事を始めていないと思っていたのだが、煙突からは煙がもくもくと出ている。

カン、カン、と何かを叩く音もしているので、誰かが働いているようだった。

「おやっさん達、早起きだなぁ」

フェレスの呟《つぶや》きが背後から聞こえて、マリアローゼは振り返る。

「鍛冶工房はいつも朝早いんですの？」

「ああ、いや……ええと……徒弟《とてい》は常に一人はいて、武器や鎧の依頼とか、そういうのを受け付けてます。おやっさ……親父……うん？　なんて言やいいんだ？」

エイラの厳しい目に晒《さら》されて、何とか丁寧に言い直そうとするが、フェレスは言葉に詰まってしまう。

「そのままでいいですわ」

「親父は朝早くから働いて、夜は早めに休むようですね」

マリアローゼが助け舟を出すと、フェレスは少し砕けた口調で続ける。

本当なら鍛冶工房に突撃したいところだが、マリアローゼはぐっと堪える。

（鍛冶について興味はあるけど、今回の主旨ではないものね）

エイラの先導で、兵舎と鍛冶工房の間の道を行く。

ちょうど、兵舎と同じ大きさくらいの建物があったが、こちらは本館や別館のような優美な雰囲気だ。

「こちらは上級使用人が住まう宿舎でございます。通いの者もおりますが、大抵はこちらを使いますね」

上級使用人は、貴族や元貴族、そしてその傍流の人々だ。

当然ながら、マナーも立ち居振る舞いも各家庭で身に付けてきているので、再教育の必要がない。

彼らが公爵邸で働く理由は、大きく二通りに分けられる。

一つ目は行儀見習いと、結婚相手探しをする貴族の女性達だ。

ここで働くことで他の貴族と知り合ったり、主人達から結婚相手の打診を受けたりすることが出来る。

そうして、いずれ結婚してここを出ていく侍女や小間使いは多い。

二つ目は永久就職組である。

貴族籍はあるものの家督を継げない次男以下の出身で、働かなければならない者。

公爵家では優秀な人材を引き抜いているらしい。騎士にもなれず、官吏にもなれないのではなく、どちらも望めるような人材だ。

ここには両方を鍛える環境もあり、仕事の合間に自分を磨くことも可能な上、給金がとてもいいのも魅力だった。

また、公爵家が主催するパーティーで従僕として働く姿を見初《みそ》めて、次期相続人である令嬢の目に留まれば婿入りという話もある。

他にも執事に昇格すれば、給金も大幅に上がる上に、他家や商家との人脈も出来る。

侍従にまで昇格すれば、家人の付き添いで、王宮や他国へ行けるので、更に選択肢も増える。

身も蓋もない言い方をすれば、結婚相談所でもあり、ハローワークでもあるのだ。

「通いの者というのは、結婚された方達？」

「ええ、それもございます。王都で家を持つのは大変難しいので、公爵家が所有する館の一室を借りて住む形になりますね。それと、王都に別邸のある貴族のご令嬢でしょうか」

ふむふむとマリアローゼは頷く。

王宮勤めはステータスとなり箔が付くが、相手も同じようにより良い相手を探している。

小国でも他国の姫、上位貴族の令嬢、といった具合に。

だが、それ相応の活躍をするか、余程の美貌がなければ王や王妃の目にも留まることが出来ない。

紹介という手段が得られなければ、自力で頑張れよ、ということになる。

この公爵家に仕える人々の成婚率は高いらしいが、それは、優秀な両親や家令の目配り手配りのおかげなのかもしれない。

かといって無理に結婚を薦めることもないので、落ち着いて仕事に打ち込むことも出来る環境だ。

問題がない限りは終身雇用らしく、本邸だけでなく、別邸や領地など働く場が色々用意されているそうだ。

ちょうどそこで、カラカラと大きなワゴンを押してくる従僕が通りかかった。

彼は一旦足を止めて、美しく敬礼する。

「おはようございます」

エイラが頷くと、従僕はまたワゴンを押して、入り口から中へと消えていった。

ワゴンの上に大きな鍋が並んでいたのを見て、マリアローゼがエイラに質問を投げる。

「今のはお料理？　ここでは料理は致しませんの？」

「はい。使用人棟で作られた料理を運んできて、温めるだけでございます」

「兵舎では？」

「一応各棟に台所はございますが、従僕達が使用人棟から運んで参ります。こちらにある厩舎《きゅうしゃ》や鍛冶工房で働く方々は、兵舎で纏《まと》めて食事を致します」

ふむふむ、と頷いて、またもやマリアローゼは質問する。

「街でお食事致しませんの？」

今のマリアローゼの立場では夢のまた夢だ。

だが、いつか食べてみたいという希望は捨てていない。

街ではどんな食べ物があって、どんな味がするのか……夢は広がるばかりである。

「する者もおりますが……」

エイラに視線を注がれて、フェレスは姿勢をビシッと正した。

「外だと繁華街まで少し歩きますし、祝い事とか休みだとか時間がある時しか行けないっす……ですね。それに、公爵邸の料理は無料だし、美味《うま》いん……美味《び み》なので」

「やっぱり美味《おい》しい食事はいいですわね」

「そうだな！　……そうですね！」

マリアローゼに笑いかけられて、思わず気が緩《ゆる》んで敬語が取れたフェレスは慌てて言い直す。

一応の努力は認めたのか、エイラから冷たい視線は浴びたものの、小言はなかった。

第六章　工房と従魔師

大分日が昇ってきた頃、朝の鐘が鳴り始めた。

本館が目覚める時間である。

上級使用人達が宿舎から出てきて、マリアローゼに丁寧に頭を下げては通り過ぎていく。

鎧戸が次々に開けられ、従僕達が各所に荷物を移動するので、あちこちで人影が動いている。

「お嬢様もお疲れでしょう。お食事まで時間がございますが、休憩なさいますか？」

「あ、お食事はいただいたので大丈夫です……わ……」

みるみるエイラの顔に厳しさが増すのを見て、マリアローゼは慌てた。

「あの……わたくしが我侭《わがまま》を申しましたの。リーナは悪くありませんわ。何事も経験ですもの！」

最後は押し切るように勢い良く言い放つと、エイラは納得したように頷いた。

そして、ロランドの侍従であるテースタと目線を交し合う。

特に問題ないと判断したのか、エイラは本館に視線を戻した。

「あとお目に入れるべきは、馬場と温室くらいでございますが……」

エイラが心配そうにマリアローゼを見つめる。

エイラからしてみれば、マリアローゼは王宮で転んでは寝込み、魔法を使っては卒倒し、街に出ては昏倒した病弱なお姫様なのである。

　こんなに長く歩き回ったのは初めてなので、慎重になるのは当然だろう。

「やはり、一度休憩を致しましょう。馬場と温室は離れておりますし。テースタ様、それで構いませんでしょうか？」

「はい。お心遣い感謝致します」

　テースタは如才なく微笑んで、左胸に手を置きエイラに会釈《えしゃく》をする。

「ロランド殿下、フィロソフィ公爵令嬢にご挨拶《あいさつ》を」

「ローゼ嬢、また後で会おう」

「はい、殿下」

　ロランドがはにかみながら別れの挨拶《あいさつ》をすると、マリアローゼはお仕着せのスカートを少し摘《つま》んで、可愛らしく挨拶《あいさつ》を返す。

　テースタの先導で、ロランドは振り返りながらも別館へと歩いていく。

　見送ってから、マリアローゼもエイラの先導で食堂に向かった。

「お嬢様、部屋に戻られる前に食堂で配膳の様子をご覧になってから、旦那様と奥様にご挨拶《あいさつ》致しましょう」

「まあ、素敵。それがよろしいですわ」

　別館と繋《つな》がる渡り廊下から本館へと入り、食堂を目指す。

　小間使い達が忙しそうな手を止めて、お辞儀をしては作業に戻っていく。

ある意味、家人が動き回らないのも、使用人達の手を止めないという点では、助けになるのかもしれない。特にこの朝の慌《あわ》ただしい時間帯は。

食堂の扉の脇には、すでにお仕着せを着た従僕が詰めていて、近づくと扉を開いてくれる。

中には食事の時に使う大きくて長いテーブルがあり、綺麗なテーブルクロスが目に入った。

いつもは所狭しと並んでいる食器類がまだないので、つるんとしたテーブルが殺風景に見える。

そこに小間使い達が入ってきて、花が生けられた花瓶を置いていき、ワゴンに載せられた食器をそれぞれの席に配っていく。

更にその食器を、後から現れた副執事達が定規を使って綺麗に位置を調整していたのにはマリアローゼも驚いた。

テーブルからの椅子の距離も、定規で定位置に揃えているのだ。

「ロランド殿下の分は後で部屋に運ばせるので結構。お嬢様の分も必要ありません」

エイラの指示が飛ぶと、小間使いは会釈《えしゃく》をして並べた食器をワゴンへ戻す。

食器の配膳が終わると、エイラに言いつけられた小間使いが紅茶を運んできて、マリアローゼの前に置いた。

そういえば喉が渇いていた、と気づき、マリアローゼは紅茶を口に含む。

甘くて美味《おい》しい。

ほわあ……と幸せそうに飲んでいると、父と母が揃って現れた。

「あら！　貴方、ご覧になって。可愛らしい天使のような小間使いさんがいるわ」

「本当だ、なんて可愛いんだろう。これは肖像画を頼まないとな」

親馬鹿極まれりなことを口にしながら、二人が嬉しそうにマリアローゼの頬や頭を撫でる。

されるがままになりながら、マリアローゼはにこっと微笑んだ。

「お父様、お母様、おはようございます。すごく勉強になりました。本当にありがとうございます、お父様」

「いいんだよ、ローゼ。お安い御用だ」

ジェラルドの手が伸びてきて、ひょいとマリアローゼを抱き上げる。

ミルリーリウムはうっとりしたような笑顔を向け、マリアローゼの頭をなでなでと優しく撫でた。

「本当に……なんて愛らしいのかしら……」

「ああ、一日中見ていても飽きないだろうな……」

二人の絶賛に、若干居心地が悪いマリアローゼである。

確かに美幼女だが、親馬鹿フィルターがかかっているので過剰になっているような気がした。

それに、二人とも忙しくしていて疲れているので、余計にそう思うのかもしれない。

「今日のローゼの予定は」

視線をマリアローゼから離さないまま、ジェラルドが声をかける。

エイラが静かな声で答えた。

「朝のうちに邸内の大部分を回られましたので、お部屋でお休みいただいてから、馬場と温室へ見学に行く予定でございます」

「そうだな、きちんと休んだ方がいい」

「もう少ししたら、お母様と同じく剣のお稽古《けいこ》も始めましょうね」

(剣の稽古《けいこ》……そんなものが許されるの……！)

マリアローゼはカッと目を見開いた。

「お母様、いつからでございますの？　ローゼは早くお稽古《けいこ》したいです！　体力がないと色々なところに行けないし、余計に病弱になってしまいますわ！」

母の気が変わらないうちにと急《せ》かすようにマリアローゼはまくし立てた。

だが、父はいい顔をしない。

「……おいおい、まだ早いと……」

「「早くはありませんわ」」

ジェラルドはミルリーリウムを制止しようとしたが、愛する娘と妻に同時に否定されてしまい言葉が出ない。

「分かった分かった。近々手配しよう。ただし、疲れたら無理をしないこと。以前倒れたことを忘れてはいけないよ」

優しく注意をしながら少し心配そうな顔をするジェラルドを見て、マリアローゼの心も痛んだ。

でも体力がなければ、また同じことが起きるかもしれない。

(何より、冒険に出られないのは困る……！)

これが一番大きな理由である。

将来的には、貴族としての未来よりも冒険者になりたいという気持ちの方が僅《わず》かに大きい。

しかも日本語勉強会での雑談で、兄達とクランを作る約束までしている。今は夢物語ではあるのだが、マリアローゼは本気なのだ。何なら貴族令嬢と冒険者、二足の草鞋《わらじ》を履きこなすつもりさえあった。

それを知ったらジェラルドは卒倒してしまうかもしれないが、ミルリーリウムは応援してくれそうな気がする。

ひとまず、体力を作るのが先決だ。

「気をつけますわ、お父様、お母様」

ジェラルドに下ろされると、マリアローゼはスカートを摘《つま》んでお辞儀をする。

「部屋に戻って休んで参ります。お父様とお母様はお気をつけてお出かけくださいませ」

二人と挨拶《あいさつ》を交わしたマリアローゼは、とことこと部屋へと戻っていった。


マリアローゼが部屋に戻ると、ちょうど中からシーツを抱えた小間使い達が出てくるところだった。

彼女達はペコリとお辞儀をして、ワゴンに畳んだシーツを載せて次の部屋へと向かう。

普段通りに朝食を食べていたら気づくことがなかった光景だ。

(何だか不思議だわ。そして、少しモヤモヤするのは何故かしら)

促《うなが》されるままベッドに座り、ぱふん、と重ねられたクッションに身を預ける。

「お嬢様、大丈夫でございますか？」

心配そうにエイラが覗き込む。マリアローズはしばらく目を瞬《またた》いてから、こくん、と頷いた。

身体の疲れよりも、心のモヤモヤが重く圧しかかる。

(アノスおじい様なら答えを知っているかしら)

フィスィアノスという賢人がフィロソフィ家の司書を統括している。

白い髭《ひげ》に禿げ上がった頭の、半分眠っているようなご老人だが、知識は海のように深く広い。

マリアローゼが今気になっているのは、朝早くから働いている中にも貴族令嬢がいるということだった。

行儀見習いのためだったり、給金が目当てだったり、公爵家との繋《つな》がりや後ろ盾が必要だったりと色々理由はあるだろう。

いずれにしても、彼女達がここで働くのは未来を見据えてのことだ。

貴族として成人まで甘やかされて育っても、爵位を継いで貴族でいられるのは次期当主のみ。

それ以外の子供達は、爵位を持つ相手と結婚しない限り、いずれは貴族籍を失い平民となり、生活するために働くことになる。財産があれば次代の当主に養ってもらえるが、体裁はこの上なく悪い。

それなのに学園で教えるのは、勉強のみ。

大成するには将来を見据え、自分を律して身を立てる方法を本人が模索するしかない。

それがどうも理不尽に思えてしまうのだ。

本来なら学校でも進路相談のように、結婚相手探し以外の道を探す手助けをする必要があるのではないだろうか。

「ふむ……」

この世界は生きている。

この世界に生きている人もまた、パターン化された「キャラクター」ではないというのは分かっていた。

小説を読んでは常々、世界観がおかしい！　と思うことはあっても、恋愛だの断罪だのざまぁだの嫌がらせだの、ゆるゆるな学園生活というものに慣れて感覚を狂わされていたのかもしれない。

（そういう小説を読んで、上の身分の人間の悪口言う⁉　と思ったりしたけど、それはささいな問題よね。現実は、お前、次男だよな？　将来どうすんの？　きちんと勉強しないと平民まっしぐらだよ？　悪口言ってる場合じゃないよ？　ってことの方が大事なのだわ）

単純計算だが、学校に通っている子女の中で家を継げるのは三割程度だろう。

他は官吏か騎士になり、残りは上位貴族の邸《やしき》や王宮で奉仕する身分になり、残った者は平民だ。

戦乱もない世の中では余程の功を立てないと叙爵がされないし、もらえてもせいぜい一代限りの騎士爵くらいのものだ。

結局領地と財産を分割せず、維持していかなくてはならないので、爵位を継ぐ当主には相応の人格と知性が必要とされている。

当主は直系の長子が一番多いが、基本的には現当主の意向で選ばれる。平民となっている親戚を指名することも可能だ。爵位を継げない子供達は除籍はされないものの、貴族籍があるだけで爵位や土地はない。

当然、大成も出来ず爵位もない独身貴族は、結婚相手として貴族の間では望まれない。

容姿が優れていれば、寡婦や嫁ぎ遅れた女性からの需要はあるが、そんな魅力的な男性は学園時代に大抵は売り切れてしまう。

人生を左右する事柄に直面するのはある程度大人になってから、というのももどかしい。

幼い頃から割と大きな問題が目の前に横たわっているのに、常に目隠しをされている感覚、と言えば分かるだろうか。

その構造が何だかモヤモヤさせるのだ。

結局、親の教育がきちんとしているか、己《おのれ》の才覚が物を言うということなのかもしれないが。

日本の教育が平坦に敷かれたレールだとしたら、貴族の教育はジェットコースター並みの波乱万丈さである。

「何だか……理不尽ですわね……」

そう呟《つぶや》いた後、気づいたらマリアローゼは深く深く眠り込んでいた。

スヤスヤと眠るマリアローゼのエプロンの紐を緩《ゆる》めると、エイラは愛しげに毛布をかけてあげるのだった。

ムニャムニャ、スヤスヤ。

「んんっ……あら……？」

いつの間に眠ってしまったのだろう、とマリアローゼは辺りを見回した。

慌てて、窓から入る光の角度で大体の時間を計る。もうお昼だ。

「お目覚めでございますね。ロランド殿下は二時間前に一度おいでになりまして、お嬢様がお目覚めになるまで鍛錬なさるとのことです」

（むむぅ。すごい時間寝てしまった）

疲れていたので仕方ないが、体力がなさすぎるのが悲しい。

しょんぼりとしていると、エイラが手早くマリアローゼの身支度を整えた。

「ただ今食事を運ばせますので、召し上がってる間にロランド殿下にお伝え致しましょう」

「ありがとう、エイラ」

いつも通り温かくて美味《おい》しい料理を食べると、少し元気が戻ってきた。マリアローゼはエイラの先導を受け、別館との渡り廊下でロランドと合流した。

「お待たせ致しました、ロランド様」

「疲れていたんだね、ローゼ嬢。……大丈夫？」

「もうすっかり元気ですわ」

お辞儀をするマリアローゼに、心配そうに話しかけたロランドだったが、その笑顔を見て安心したようだった。

テースタは相変わらず無表情で立っているが、時々じっとマリアローゼを見つめている。

目が合うことはあまりないので、話しかけたいわけではなく、言動を注視しているだけのようだ。

(値踏みされているのかしら？　王家に嫁ぐ気はないんだけど……)

「では馬場に参りましょう」

エイラを先頭に、屋敷と使用人達の領域を分ける木立の横の小道を歩いていく。

後庭は、刈り込まれた庭木が迷路のように複雑な形に置かれていて、それぞれ花壇を囲んでいた。

その中心には噴水があり、そこに向かって真っ直ぐに別館から水路が走っている。

水路は噴水の向こうにある温室まで伸びていた。

温室と別館の間にある噴水に突き当たると、右へと続く道を辿る。

するとすぐに、木立の向こうに開《ひら》けた空間が見えてきた。

遠くから剣戟《けんげき》の音や、気合の入ったかけ声などが聞こえてくる。

本館と別館が丸々二棟収まるくらいの広大な敷地を、馬が走る馬場が囲っていて、その外側にも厩舎《きゅうしゃ》が並んでいた。

中央部分は練兵場になっており、今は騎士達が訓練をしているところだ。

その中にはシルヴァインの姿もあり、マリアローゼに気がつくと早速声をかけてくる。

「やあ、ローゼ」

遠くから楽しげに大きく手をブンブンと振ってきた。

「シルヴァインお兄様」

マリアローゼも小さく手を振り返すと、騎士達はロランドとマリアローゼに向かって敬礼をする。

マリアローゼはスカートを摘《つま》んで、エイラは腰を折ってお辞儀を返した。

「少し見学をしてもよろしいかしら？」

「ええ、あちらに長椅子がございますので、参りましょう」

ロランドとマリアローゼが並んで長椅子に座り、テースタとエイラはその後ろに佇《たたず》む。

騎士達の訓練は予想外に激しく、マリアローゼは怪我人が出るのではないかとヒヤヒヤしながら見守っていた。

シルヴァインは強い。

強いというのは知っていたが、目《ま》の当たりにするとまた違う。

大人を相手にして一歩も引かないし、それに何とも楽しそうに剣を振るうのだ。

(サイコパスかな？)

心の中で突っ込んでしまうと同時に、そうでないことを祈る。

(好戦的なだけならいいのだけれど)

シルヴァインという人物は、結構問題があるとマリアローゼは認識している。

それは小説の中ではこうだからというわけではなくて、実際に相対《あいたい》しての感想だ。

彼は人の気持ちを推し量ることは出来るが、自分に利がないと判断すると無意識に無視する傾向がある。

そして、自分の意識に留めるべき人物は記憶に残すものの、それ以外はストンと忘れてしまうのだ。よく意地悪な女の子が「どちら様？」と言うようなあれを、素でやってしまう。

（悪気はないんだけど。だからこそ、手に負えないのよね……）

マリアローゼにとってはいい兄だし、弟や目下《めした》の者への対応も模範的だ。

とはいえ家族や懐《ふところ》に入れた者には優しいが、その他を排除してしまうところは不安要素だと思っている。

（変なところで恨まれそう。対処出来る力はあるだろうけど、危険な目には遭ってほしくない）

ごくありきたりな仲良し兄妹として、たくさんの時間を過ごせば自然と相手を思いやるくせが身に付き、問題は起こらないだろうと楽観視するしかない。

万民を愛せよ、などとは思っていないが、他者を尊重する気持ちは大事なのである。

「ローゼ、見てたかい？」

「はい。お兄様、とってもお強いです」

嬉しそうに振り返って報告してくる兄を褒め称えると、彼はハハッと快活な声で笑う。

すると、隣で見ていたロランドがもじもじしつつ聞いてきた。

「ローゼ嬢は剣の強い男が好きなのか？」

「強い方は素敵だと思いますけれど、大事なのは姿勢だと思います」

「姿勢……？」

「はい。強くあろうと努力を続ける姿勢ですわ。わたくしも兄に負けないくらい、強くなろうと思っておりますの！」

「えっ？　君が……？」

ふんす！　と胸を張りながら、物騒なことを言う可憐な令嬢に、ロランドは瞠目《どうもく》する。目の前で見たシルヴァインは凄まじく強いのに、それと並ぶほど強くなると言われて、ロランドは驚いたようだ。

「ええ、お母様から最近剣を習ってもいいというお話がいただけましたの。でも……突然剣を握ることは出来ませんわね……まずは体力作りからでしょうか」

後半は考え込むように真面目に言うと、何故かロランドが焦る。

「……そうか。僕も頑張らないと……」

何かを決意した様子のロランドの横顔を見て、マリアローゼは首をこてん、と傾げる。

「応援しておりますわ」

ロランドのやる気を引き出せたのかもしれないと思い、マリアローゼは笑顔で声援を送った。

その結果、ロランドはより真剣に鍛錬に励み、その成果にマリアローゼが仰天するのはもっと後の話である。

しばらく見学をした後、一行は温室へと移動した。

温室は三棟あり、噴水の水が引かれている正面の温室が観賞用で、残りの二棟が栽培用らしい。

色々な花々が所狭しと咲き誇っていたり、見慣れぬ植物が繁茂《はんも》していたりと、マリアローゼの目を楽しませるものばかりあった。

今まで図鑑でしか見たことのなかった植物が目の前に存在することも、マリアローゼの心を躍らせる。

植物に気を取られながらもずんずん歩いていたマリアローゼが、何かにぼふっと当たった。

見上げると、そこには赤髪がうねうねと巻きながら外に跳ねている、大きな男だった。

「……あ、……失礼、致しました……」

ぶつかったのはマリアローゼの方なのに、大男の方がおどおどと謝罪する。

「いえ、わたくしの不注意ですわ。お邪魔をしてごめんなさい」

男は、農夫が被るようなつばの付いた麦わら帽子を目深《まぶか》に被っていた。きっとこの温室の世話をしているのだろう。若葉のような緑色の目が、困ったようにマリアローゼを見下ろしている。

「あの……いえ……はい……」

何と返答して良いのか分からないようで、大きな図体でもじもじした後にペコリと最敬礼する。

腰を深く折って挨拶《あいさつ》をしているせいで、大男の顔が近くで見えた。

彼はぎゅっと目を閉じているものの、とても美しい顔立ちをしている。

半そでと手袋の間に覗く前腕も、鍛えているのかと思うほど筋骨隆々としていた。

（これはいい筋肉……！）

公爵家、謎のイケメン三人目である。

「お名前を伺《うかが》ってもよろしいかしら？」

「……エレパース、です」

叱られると思っているのか、彼は眉を下げてしょんぼりした顔で答える。

マリアローゼはニッコリと花のような微笑を見せると、お礼の言葉を口にした。

「ここの植物はとても生き生きとしていて、幸せそうですわね。お世話をしてくれて、ありがとうございます、エレパース」

「あ……は、はい」

一瞬きょとんとした後、姿勢を正してもじもじと返事をする姿が、見た目とアンバランスだ。

(大きいのに可愛らしい方だわ)

マリアローゼは質の良い可愛い筋肉を発見して、ほくほくと笑顔を見せる。

でも、これ以上エレパースを困らせるのは本意ではない。

「では、失礼致しますわね」

マリアローゼはスカートを摘《つま》んでお辞儀をすると、奥へと歩を進めた。

円形の温室をぐるりと一周して元の入り口に戻った後、中央の道を真っ直ぐ進めば、裏口へ辿りつく。そこを出ると、二棟の温室が見えた。

「こちらの二つの温室だけれど、違いはございますの？」

マリアローゼの質問に、エイラが首肯する。

「向かって右側では、お庭に植えます花の苗や、畑に植え替える用の野菜の苗を育てております。左側の建物では、香草や薬草など材料になるような植物がございますね」

なるほど、とマリアローゼは納得するように頷く。

(見てみたいけれど、エレパースみたいに庭師の方の仕事を邪魔して困らせてしまうのも悪いわ)

マリアローゼだけでなくロランドという王族もいるのだから、余計に緊張させてしまうだろう。

「あちらは、朝に行った畑かしら？」

木立で隠れてはいるが、距離的には間違いなさそうだ。

マリアローゼの指し示す方を見て、エイラは首肯した。

「左様でございます。奥が農園で、手前に小さい薬草園もございます」

初耳の情報に、ふむ、と頷いたところで、目覚めてから二つ目の鐘の音が鳴り響く。

西の空が赤く染まり出していて、気づけばもう夕暮れになっていた。

「お嬢様、そろそろお戻りになる時間でございます」

「分かりました。案内ご苦労様でした、エイラ」

労《ねぎら》いの言葉に、エイラは少しだけ微笑んで会釈《えしゃく》を返すと、マリアローゼとロランドを屋敷に戻る道へと案内する。

思ったより広大な規模の屋敷に、マリアローゼは内心でとても驚嘆していた。

移動するだけでも十分に運動になりそうな広さで、馬で移動した方がいいレベルだ。

今まで街へ出かけたいとばかり思っていたが、屋敷の中にもたくさん見るべきものがあったとは。

マリアローゼは、特に温室と薬草園に強く惹かれている。

（温室に通いたいけれど、一人で移動するのはきっと止められるわね）

そもそも屋敷から離れているので、エイラをそこまで何度も移動させるのは申し訳ない。

かといって、ノクスやルーナと一緒に……と思っても、今は教育途中だ。二人の邪魔をするわけにはいかない。

（運動が出来る従僕を新たに付けてもらうべきかしら？　これは……お父様に相談だわ）

マリアローゼは力強く頷いた。


その後、マリアローゼはお仕着せを脱がされて、晩餐《ばんさん》用のドレスに包まれていた。

だが、マリアローゼの頭の中は、食事よりも夕方の思いつきのことでいっぱいになっている。

歓談しながらの食事もそこそこに、晩餐《ばんさん》を終えるとすぐ父の執務室へ向かった。

勝手知ったる執務室でのやりとりを終えたマリアローゼは、父に座るよう促《うなが》される前に「失礼致しますわ」とささっと長椅子に腰掛ける。その様《さま》を見て、ジェラルドはくすりと笑った。

「急ぎの用件みたいだね？」

「そうなのです。お母様が仰《おっしゃ》っていた剣のお稽古《けいこ》とは別に、体力作りや庭歩きを共にしてくれる従僕を付けていただけませんか？　ルーナやノクスにはお仕事がありますし、侍女とはいえエイラをずっと連れ回すわけにも参りませんので……もちろん一人で良いのなら、練兵場や温室にも行くのですけれど」

（道もしっかり覚えたしね！）

考えてみれば、前世ではどこかへ行くのにいちいち許可を取ることはなかったし、そもそもお付きの人間などいない。

けれど心配をかけまくっている幼女の自分と、過保護な両親との関係性はそう簡単に崩れない。

でも、一人で出来るもん！　を上目遣いで一応主張しておく。

すると何故かジェラルドから驚くような雰囲気を感じて、マリアローゼはあら？　と首を傾げた。

「すごい時宜《じぎ》だな……神の思し召しというものか？」

感心したように零して、ジェラルドは続けた。

「ちょうど今日、王妃から召し抱えるよう通達を受けた家庭教師がいてね。歳は十九歳とまだ若いが、冒険者もしていた実戦経験のある剣の遣い手だ。彼女なら護衛としても体力的な部分も問題ないだろう」

「まあ……まあ、それは楽しみですわ」

（まあ、お若い。まあ、冒険者。まあ、女性。なんという僥倖《ぎょうこう》なのかしら！）

心の中で相槌《あいづち》を打ちながら、マリアローゼは目をキラキラと輝かせた。

その時、ふっとジェラルドの眼差しが曇った。

何か心配事があるのだろうか？

「お父様どうされましたの？　何か問題がございまして？」

「いや、少し疲れただけだ。ローゼももう休みなさい」

優しく微笑まれてしまえば、それ以上訊《たず》ねることは出来ない。

マリアローゼは挨拶《あいさつ》をすると、部屋を後にした。


昨日とは違い、今朝はこれまで通りの時間に起こされたマリアローゼは、身体を動かそうとして痛みに眉を顰《ひそ》めた。

（足が痛い……）

突然の筋肉痛である。

ふくらはぎを中心に、足が張っているような痛みだ。

マリアローゼの異変に気づいたエイラは、主《あるじ》の世話を小間使い達に任せて部屋を出ていく。

しばらくすると治癒師のマリクを伴って戻ってきた。

エイラが戻るまで、足湯で足をもみもみ揉まれていたマリアローゼは夢心地で、あやうく涎《よだれ》を垂らしそうになるほどだった。

（ハッ、危ない……涎《よだれ》を垂らす公爵令嬢は駄目よ！）

「お嬢様……ふっ……大丈夫ですか」

明らかに笑いを挟んでマリクが問いかけてくるので、マリアローゼは慌てて居住まいを正し、こくこくと頷いた。

「昨日歩きすぎてしまったみたいですの……もう随分楽にはなったのですけれど」

傍《かたわ》らに控える小間使い達を見上げて、マリアローゼは「ありがとう」と伝える。

小間使い達はニコニコと笑顔を見せて会釈《えしゃく》をすると、マリクに場所を譲る。

マリクは、白い布が掛けられたマリアローゼの足に手を触れた。そこから、柔らかく温かい温度が伝わってくる。

じわりと沁み込むような魔力を感じて、重さや痛さが引いていく。

（細胞を修復することで、痛みをなくしているのかしら？）

マリクの手元を観察していると、顔を上げたマリクと至近距離で見つめ合う。

（美貌のお医者様は心臓に悪い……！）

「ら、楽になりましたわ」

「良かったです。少しでも不調があったらお呼びください」

人好きのしそうな優しい笑顔は、垂れ目ということもあって親しみやすい。

（外見は少しチャラそうではあるけれど、物腰が穏やかだから軽薄な雰囲気にはならないのよね）

心なしか小間使い達も頬を上気させているように見える。

「ありがとうございます。マリク先生」

「では失礼致します」

ふわりと一度だけ大きな手でマリアローゼの頭を撫でると、マリクは左手を胸に当てて会釈《えしゃく》をして出ていく。

エイラに何か言われるかと盗み見るが、特に咎める様子もないのを感じて、違和感を覚える。

ここは身分に厳しい世界である。使用人が主人に気安く触れるのは、たとえ子供相手であっても許されない。

その辺エイラはとても厳しいのに、普通に会釈《えしゃく》を返したのみだった。

（私に触れてもいいということは、マリクは元々身分の高い方なのかしら？）

かといって、何だか詮索をするのは憚《はばか》られるので、マリアローゼはそのまま食堂へと出かけることにした。

朝食を終えて父母を見送った後は、部屋へと取って返し、エイラによって瞬《また》く間に小間使いへと変身させられる。

「まずは、敷布の交換をしてみましょう」

今日はマリアローゼのために、わざわざ使用済みの敷布を残しておいたらしい。

早速豪奢《ごうしゃ》なベッドに掛けられた薄い敷布をふんふん引っ張るが、なかなか思うようにいかない。

エイラが掛け布団をどけて、やっとするりと敷布が剥《は》がれた。

次は掛け布団の敷布を剥《は》がす番だ。んしょんしょと、中から掛け布団の中身を引きずり出した。

最後は大きい枕の袋を、これまた苦労しながら外す。

どれも五歳児には重労働である。

一仕事終えたように、ふう、と額《ひたい》の汗を拭《ぬぐ》ったところで、エイラから次の指示が出る。

「次は、これを畳みます。お嬢様はまだお小さいので、枕の分をお願い致します」

エイラは大きな敷布を手繰り寄せると端を手に持ち、リーナに間を持たせて、あっという間に折り畳んでいく。

マリアローゼはぽへーっとそれを見上げながら、枕袋を折り畳んだ。

(どうせ洗うのだから、ぽぽいっと外して畳まずに籠《かご》に放り込みそうなものだけど、丁寧な仕事をしてるのね)

綺麗に畳んだ敷布を抱えて、エイラが説明を挟む。

「これを洗濯籠《かご》まで運びます」

全ての敷布をワゴンに載せると、エイラがそれを押して部屋を出る。そして、使用人エリアへの通路を通り、洗濯物が集まる集積場へと向かう。

通路は決して狭くはないのだが、外の通路に比べると大分狭い。すぐ横が壁になっていて、窓もないので暗く感じる。

従僕が、大きな洗濯籠《かご》を載せた荷車の持ち手に手を置いて、外で待っていた。これが最後だからだろう。

エイラは敷布を抱えると、籠《かご》の中の洗濯物の上に置く。

不意に背後からカラカラとワゴンを押す音がして振り返ると、ロランドとワゴンを押すテースタがやってきた。

「やあ、ローゼ嬢」

「ロランド様、お疲れ様です」

お互いに挨拶《あいさつ》を交わす。朝の挨拶《あいさつ》は食事の時に済ませていた。

テースタもエイラに倣《なら》って畳んだ敷布を洗濯籠《かご》へと入れると、従僕がぺこりと会釈《えしゃく》して、荷車を押して歩き始める。

一行はその従僕に付いて、洗濯場へと移動した。

洗濯女と呼ばれる下女達が大きな盥《たらい》に水を張り、その中に洗濯物を入れて、棒でくるくるとかき回す。

しばらくして取り出し軽く絞ると、乾燥室へと運んで干すのだ。

（あれで汚れが落ちるのかしら？）

マリアローゼが小首をこてんと傾げていると、エイラが水道の説明をしてくれた。

「こちらは水の出る口の部分に、洗浄の魔法がかけられているのですよ」

「ああ、それでですのね」

ぽんと手を打って、こくこくと頷く。

洗浄の魔法をかけられた水に、洗濯物を入れて馴染ませる。

そうすると、魔法の力で水ごと洗濯物の汚れが落ちる。後は絞って干すだけ、という。

使い終わった水は綺麗なので、水路にそのまま流すことが出来る。

（魔道具や魔法があるからこその仕様なのね）

しかも、魔法を使う人間が使い続ける手間もいらない。

蛇口を捻《ひね》ることで魔法が起動する仕組みなのかもしれないが、捻《ひね》る人間の魔力がいらないのだ。

洗剤ではなく蛇口に魔法をかけたのは、水が媒介になることで魔法の効果範囲が広がる上に、満《まん》遍《べん》なく布に染み渡るからなのだろう。

多分この盥《たらい》の大きさが適しているのだと、先人達から学んだに違いない。

絞る時に擦《こす》れは生じるが、足や手を使ってゴシゴシするほどのダメージは受けなそうだ。

「ドレスはどうやって綺麗にするのかしら？」

ドレスはとても繊細だ。薄絹やレース部分が多いし、場合によっては絞るだけで簡単に破れてしまうかもしれないのだ。

マリアローゼの疑問に、エイラはにこりではなくニヤリと笑んで、建物の中へと導いた。

そこでは何人もの下男が、アイロンのような道具を使ってドレスの手入れをしている。

「こちらの道具には、表面に洗浄の魔法石を砕いたものが混ぜられております。皺《しわ》を伸ばす時に生地も綺麗にするので、ドレスを痛めることはございません」

（つまり……魔法を使ったドライクリーニング！）

「それは画期的な魔道具ですわね」

驚嘆には値するのだが、見た目がアイロンだ。

（これは以前から考える「前世の記憶がある奴が魔道具開発してるよね」案件……！）

別に生活を楽にしてくれるのだからいいのだが、誰が発明したのか気になるところではある。

（当てている布から蒸気が出ているので、水と熱も使われているのね。つまり、魔法だけでなく水蒸気も利用している……これは紛《まご》うことなき、科学……！）

一般の人々は、原理などどうでも良く、綺麗になって皺《しわ》が伸びれば大満足だろうが。

「お邪魔致しました」

マリアローゼは見知った顔の下女もいる洗濯室を、丁寧なお辞儀を添えて後にする。

すぐ近くに工房があったもののそこには触れず、マリアローゼは使用人棟の裏手に案内された。

（鍛冶屋に続いて工房もスルーか……見たかったけど仕方ない……）

マリアローゼの生活に密着していない部分は、エイラの判断で案内されなかったのだろう。

普通の令嬢なら確かに、鍛冶屋にも工房にも興味は抱かない。

だが、マリアローゼは普通の令嬢ではないので、気になって仕方がなかった。

「昨日はこちらでお過ごしいただきましたが、お伝えし損なった部分がございまして。本館では地下に調理場がございますが、使用人棟では一階に調理場があるのはご存知かと思います。地下は、主に食品の貯蔵庫となっております」

指し示された方を見ると、地下への扉と階段、その隣には荷車やワゴンが通れるような煉瓦《れんが》の下り道があった。

「それぞれ部屋ごとに分けて温度管理がされていて、食材に合わせた適正な温度で貯蔵されております」

「では何かあった時に、工房が近くにあるのは便利ですわね」

マリアローゼがそう言うと、エイラが破顔した。

「ご慧眼《けいがん》でございます、お嬢様」

ベタ褒めである。

(どうして突然デレたの?)

マリアローゼが目を丸くして見つめると、エイラは居心地悪そうに、コホンと咳払いをして続ける。

「今日は早目にお戻りになって、お休みになった方がよろしいかと」

「ええ、そう致しますわ」

今朝、マリクに癒してもらったおかげで足は軽いが、これ以上動き回ると、昼食には間に合わなそうだ。そう判断して、エイラの提案にマリアローゼは頷いた。

ロランドを振り返ると、爽《さわ》やかな笑みを浮かべて言う。

「僕はまだ大丈夫だから、鍛錬の時間にするよ」

「承知致しました」

(やっぱり剣の訓練をされてるだけあるし、男子の方が体力があって羨ましい)

マリアローゼは笑顔で頷くと、お辞儀をしてからエイラと共に本館へ戻っていく。

見送ったロランドはテースタを伴い、練兵場の方へと歩いていった。


午後はロランドと共に銀食器を磨いたり、硝子《ガラス》の杯を磨いたりと、軽作業をしていたマリアローゼだったが、晩餐《ばんさん》前にジェラルドの執務室に呼ばれた。

いつもより随分と早い下城である。

部屋に入ると、赤茶色の髪を高い位置で結った女性が、長椅子に座っていた。

灰色の瞳は切れ長で目付きがとても鋭いが、理知的な光を宿している。

マリアローゼは彼女と向かい合わせになる形で長椅子に座る。

「彼女は平民で家名もないが、祖母がフォルティス公爵家のオルキス殿で、祖父がプロケッラ伯爵で、ミルリーリウムの縁戚に当たる女性だ。我が家の食客として、君の護衛と稽古《けいこ》を任せようと思う」

「カンナと申します」

カンナは立ち上がって腰を深く折ると、またぴしりと直立した。

動きが機敏なのは、鍛えているからかもしれない。

「マリアローゼと申します。これからよろしくお願い致します。カンナお姉様とお呼びしても？」

お辞儀をした後に、小首を傾げるようにしてマリアローゼに問われて、カンナははわわと顔を赤く染めた。

「いえ、私はお仕えする身ですし、平民なので……あの、ただのカンナで大丈夫ですよ？」

両手をブンブンと振って、何故だか最後は疑問系である。

マリアローゼは近づいてその手を取ると、可愛らしく笑いかけた。

「好きに呼んでも構わなければ、カンナお姉様とお呼び致しますわ。父から親戚と伺《うかが》いましたし、わたくし、お姉様も欲しかったんですの」

カンナは、ああ、とか、うう、とか言葉にならない声を発していたが、やっとのことで声を絞り出した。

「は……はひ……」

そのやりとりを可笑《おか》しそうに観察していたジェラルドが、カンナの背後から声をかける。

「どうだい？　我が愛娘は、主《あるじ》に値するかい？」

「あ……是非お仕えしたいと思っております」

カンナの答えに、ジェラルドは笑顔で頷いた。

だが、マリアローゼは心配そうに眉を下げてカンナを見上げる。

「あの、早く教えを請いたいところなのですけど、わたくしまだ体力がありませんの……」

「そうですか。ではまず、少しずつ体力をつける方向でいきましょう」

上位貴族で、しかも幼いのだから当然のことではあるが、マリアローゼはその点を心配していた。

だがカンナは特に気にすることなく、こちらのペースを考えた提案をしてくれたので、マリアローゼはほっとする。

カンナの手を握ったまま、マリアローゼは嬉しそうにはにかんだ。

すると、んんっ、と呻《うめ》き声を漏らして、カンナは感謝の祈りを捧げるような恍惚とした表情になる。

「話は纏《まと》まったようだね。カンナには本館の客室を与えよう。晩餐《ばんさん》も一緒に取ってもらうことにするよ。賓客《ひんきゃく》がいない時は服装はドレスじゃなくても構わない。でも、必要だったら言ってくれれば用意する。堅苦しくて嫌ならば、部屋で食べても問題ない」

「分かりました。お心遣い感謝致します」

カンナは平民だが特別な出自のため、学園では一通り淑女としての礼儀は学んできたらしい。

「ではカンナお姉様、また晩餐《ばんさん》の席で」

「ええ、また」

挨拶《あいさつ》をすると、マリアローゼはスカートを摘《つま》んでちょこんとお辞儀をし、ジェラルドの執務室を後にした。

「お嬢様は天使ですね。あんな風に可愛く誘われたら、晩餐《ばんさん》に参加しない選択肢はないです」

「うむ。同感だ」

カンナとジェラルドの謎の結束が生まれていたのを、当のマリアローゼが知る由《よし》はなかった。

●●●

カンナは元冒険者だ。

学園在籍時から五年間活動していて、新聞に載るくらいの活躍はしていたが、仲間の負傷で冒険者生活を断念した。

年齢的にもまだ動けはするものの、女性として安全に活動出来る仲間というのはなかなかに得難《がた》い。

どうしようかと迷っている時に、王妃から声がかかったのだった。

ジェラルドに問われたように、主《あるじ》に値するか？　などと考えるのはおこがましいが、カンナはこの話をされた時に仕える相手を見てから決めたいと、王妃にもジェラルドにも伝えていた。

上位貴族の傍流といえど、平民は平民。父親が貴族籍を抜けて、平民の母と婚姻したのである。

子供時代から生活には不自由していなかったが、宮仕えは性に合わないと学園在籍時に思ったものだ。

学園内での貴族からの差別や虐《いじ》めがあったし、平民だと偉そうに振る舞ってくる輩《やから》も当然いた。

そして、フォルティス公爵家とプロケッツラ伯爵家の血筋だと聞くと、慌てて掌《てのひら》を返すのだ。

嫌気がさして、両家からの養女の話を断り冒険に出たものの、やはりどこに行っても身分というものは付き纏《まと》ってくる。

素材狩りや特定の魔獣狩りは、依頼主が貴族のことも多く、冒険者といえど関わりを持たないでいることは難しい。

だから、高慢ちきな貴族の令嬢に一生仕えるか？　と問われれば否で、本当は乗り気ではなかったのだ。

でもそれは杞憂だったのだと、目の前の小さな可憐な少女を見て思い知った。

流れるような銀の髪が毛先の辺りでくるりと巻いていて、大きな瞳は青とも紫ともつかない、不思議な色をしている。

白磁の肌に、ぷっくりと膨らんだ薔薇《ばら》色の柔らかそうな頬も愛らしい。

（こんなに恵まれた環境で育っているのに、平民だと聞いても態度を変えないなんて、奇跡か……！

何より可愛すぎて死にそう）

カンナは目付きは悪いが、可愛いものに目がないのである。

自分の手を取った、ぷにぷにの柔らかい小さな手も可愛らしかった。

（ローゼ様を見ているだけで浄化されそう……）

愛らしい顔に笑顔を搭載されるだけで、破壊力は抜群だ。

親戚といえど平民なのに、姉と慕ってくる少女は保護欲を掻き立てられる存在でしかない。

（浄化じゃなくて昇天しそう）

温かく柔らかい手を握りながら、カンナは出来る限り長く、マリアローゼに奉公しようと決意を固めたのだった。

●●●

翌朝、朝食を終えると、マリアローゼとロランドは屋敷内の使用人通路や台所を案内してもらうことになった。

マリアローゼにとってはメインディッシュである。

正面玄関や渡り廊下、裏口など家人が利用する出入り口は、基本的に家人と一緒でないと利用してはいけない決まりになっているという。

例外はあり、侍女長や家令、執事などは元々その権限を持っており、侍従や侍女は主人と共に行動するために許されている。

フィロソフィ公爵家の場合は、それぞれの使用人ごとの宿舎は別として、使用人が自由に出入り出来るのは待機所と台所、調理場と貯蔵庫だ。

調理場では家人や客をもてなす料理を作っており、貯蔵庫には日持ちのする高級な食材が置かれている。

そして各階にあるのが、待機所と倉庫を兼ねた台所である。

魔道具がなかった頃の名残《なごり》で、各部屋と繋《つな》がった小さな鐘が壁際に陳列されているが、今は魔道具の鈴を鳴らすと呼び出し音が待機室で鳴り、間取り図に位置が示されるようになっていた。

各階にある台所では、主に紅茶などの飲料や焼き菓子などのデザートを用意する場になっている。来客がなければ忙しいのは主に午前中で、昼食が終わると待機所で交代で座り仕事をするらしい。

ちなみに、招かれた客が迷い込んでも分かるように、使用人通路は内装も簡素な造りになっている。

通路の表面に線が引かれていて、それぞれの格付けで立ち入れる場所も区切られていた。

そして、侍女と侍従は主人の部屋の近くにそれぞれの個室を構えている。

家令と侍女長は一階の出入り口付近に個室がある。使用人通路への出入り口の他に表通路に面している扉もあって、そこからの表廊下への出入りも許されていた。

侍女達の部屋も個室ではあるが、使用人通路に面する扉と、主人の部屋に通じる扉の二つがある。

まるで迷路のように入り組んだ通路と、普段気にせずに通り過ぎていた出入り口の発見に、マリアローゼは楽しくなる。

「あら？　ここは何かしら？」

地上部分の探索を終え、地下の調理場と貯蔵庫の並びに、更に地下に伸びる階段を見つけたマリアローゼは首を捻《ひね》った。

「そちらには地下牢と地下水路がございますが、現在は使われておりませんし、お嬢様が見るべきものではありません」

「分かりました」

エイラの説明に興味のない振りをして踵《きびす》を返したが……実はめちゃくちゃ興味があった。

（地下水路って、下水道なのかしら？　それとももっとこう……迷路のような？　地下牢は使われていないだろうけど、悪者がいたらやっぱりそこに入れるのかしら？　でも、外から直接放り込んだ方が良いのでは？）

マリアローゼがうんうん考えているうちに、正午を知らせる鐘の音が聞こえてきた。

「お食事に参りましょう」

エイラに導かれて食堂へと向かう途中に、調理場を通りかかる。

今まさに調理場は活気づいていた。

料理人だけでなく、小間使いや従僕達も慌《あわ》ただしく動いている。マリアローゼ達に気づき足を止めてお辞儀をすると、仕事に戻っていく。

改めてマリアローゼは考えた。

（主人の一人である自分がいると、忙しいのにいちいち挨拶《あいさつ》しなくてはならないのね……そのために仕事の中断をさせてしまうのは良くないことだわ）

マリアローゼは表情を曇らせて、晩餐《ばんさん》後にジェラルドへと伝えようと決めた。

家族団欒《だんらん》の晩餐《ばんさん》後、マリアローゼは早速父の執務室へと向かう。

「最近、ローゼがたくさん会いに来てくれて嬉しいなぁ」

ジェラルドは仕事の手を止めて、笑顔を向ける。

マリアローゼは、真剣な表情で先程考えていたことを切り出した。

「お父様、もう使用人のお勉強は終わりにしたいのです」

「ほう。何故だい？」

驚いたように目を見開き、ジェラルドは真意を計るようにマリアローゼを見つめる。

「わたくしが、彼らの仕事の邪魔になってしまうからです。どんなに忙しくても、わたくし達が訪れれば仕事の手を止めて挨拶《あいさつ》をしなくてはいけません。彼らの職務を妨げてしまうのは本意ではありませんもの」

「そうか」

ジェラルドはふむ、というように眉を上げる。

「とても勉強になりました。多くの方に生活を支えてもらっているのだということ。皆様が職務にお励みになっているということ。でも同時に、わたくしのいるべきところではないように思いましたの。彼らには彼らの仕事があるように、わたくしにはわたくしのやるべきことが他にあるのではないかと考えたのです。王城での一件は、大変軽はずみでございました。ようやく、あの時の罪を正しく理解出来たのだとわたくしは考えております」

言葉を選びながら、たどたどしくも話し終えたマリアローゼを、ジェラルドはふわりと抱きしめた。

「ローゼ……君は賢い。賢すぎて心配になるくらいだ。私が考えた以上に多くを学んだのだね。でも、あまり早く大人にならないでくれ……まだ手放したくはないんだよ」

「あら、お父様。わたくしは大人になってもお側におりますわよ。嫁に行けと言われても行きませんから」

泣きそうな父の胸に、慰めるようにぐりぐりと頭を押し付けると、父が嬉しそうに微笑んだ。

「そうだったね、私としたことが弱気になってしまった。君を守る役目はまだまだ誰にも譲れないな」

「そうしてくださいまし。あと、今後の予定なのですが……明日からカンナお姉様のお稽古《けいこ》を始めたいのですが、作りたい魔道具があるので、工房にもお邪魔したいと思います」

「魔道具？」

「危ないものではありません。生活用品と自衛のためのものですわ」

「それなら工房に話を通しておこう。明日からしばらく自由に過ごすといい」

「ありがとうございます、お父様」

マリアローゼは笑顔でお礼を言い、執務室から自室に戻る。すると部屋には日本語の勉強をするべく、兄達が集まっていた。

マリアローゼはふと気になっていたことを兄達に問いかけた。

「そういえば、お兄様達は、地下水路に行ったことがおありになって？」

「えっ？　何それ」

「そんなものがあるなんて知らないんだけど、家の中にあるの？」

早速冒険好きな双子が食いついてきた。

（この二人が知らないというのが逆にすごいような……）

「ええ、入るのは禁じられましたけど、調理場や貯蔵庫のある通路の先に、下に行く階段がございますの。扉も見えましたから、多分鍵が必要ですわね」

すらすらと場所を説明した上、鍵などの情報まで言及するマリアローゼに、兄達は感心したように頷いた。

「ローゼ、すごい」

「諜報に向いてるな」

ノアークに褒められ、シルヴァインにはニヤリと悪巧みの顔で言われた。

（別に望んで調査したわけではないけど……）

とりあえずマリアローゼは微笑んでおいた。

するとキースがぽつりと呟《つぶや》く。

「ですが、鍵はフィデーリス夫人が管理されてるので、入手は困難ですね」

「だ、だめですわよ、そんな……」

「大丈夫だよローゼ、俺達だけで行ってくるから」

シルヴァインがニコッと明るくも悪どい笑みを浮かべて、双子がニヒヒと笑い合う。

（これは止めても無駄なやつ……）

マリアローゼは餌を投げ与えてしまったことを悔いながらも、あっさりと諦めたのだった。

翌日からエイラは通常業務に戻り、マリアローゼの外出についてはカンナに一任されることに

なった。

カンナはマリアローゼの訓練の指導と、護衛を兼ねて付き従うことになっている。

朝食前に迎えに来たカンナと、動きやすい服に着替えたマリアローゼは練兵場へ向かう。

途中でロランドとテータスに会ったので、一緒に練兵場へ行くことにした。

ジェラルドから通達が行ったのか、ロランドも今日はお仕着せを着ていない。

「じゃあ僕は訓練をしてもらうから、ここで」

「ロランド様、頑張ってくださいませ」

練兵場に着き、ロランドと別れる際に、マリアローゼはふんわりしたズボンをちょこんと摘《つま》んでお辞儀をする。

すると、ロランドは頬を染めて頷いた。

「では少し走りましょうか。決して無理はなさらないでください」

「はい、カンナお姉さま」

気遣いの言葉にそう返した後、カンナと一緒にとてとてと走る。

疲れたら歩き、息が整ったらまた走る、を繰り返す。温室の裏手から畑の脇を通り、洗濯室や工房の前を通り過ぎて図書館に着いた辺りで、力尽きた。

「もう……だめですわぁ……」

「よく頑張りましたね、お嬢様。後はお部屋に戻って、お風呂に入れてもらいましょう」

「はぁ、はぁ……はい……」

「お辛ければ、おんぶしましょうか？」

「だ、大丈夫、です……」

差し出された手に掴まって、よちよちと部屋まで歩く。

階段が辛かったが、何とか上り切って、やっと部屋に着いたらもう倒れそうだった。

すでに待ち構えていたエイラの手配で、小間使いに抱き上げられて、マリアローゼは風呂へと直行させられた。

エイラとカンナが何か話していたようだが、風呂場に入ると聞こえてこなくなる。

ぐったりしたまま小間使いに身を任せているうちに、マリアローゼは早くもうとうとし始める。

お風呂上りにひんやり冷えた果実水を飲むと、エイラにベッドに入れられ、マリアローゼはすやすやと眠った。

疲れ切って泥のように眠りこけたマリアローゼが目を覚ますと、エイラがすぐに食事を運ぶよう指示を出す。

小間使い達が戻ってくる間に、エイラから午後の予定を聞かされる。

「カンナ様はあの後、練兵場に向かわれまして、訓練に参加していただいております。王城でも騎士団で訓練を続けていたそうですよ。午後はご希望の通り、私がお嬢様を工房にご案内致します」

「分かりました」

(体力を付けるのは一朝一夕には行かないし、焦っても仕方がないんだけど……同じことをしているのにカンナお姉様はすごく体力があるのね……羨ましい)

カンナの腕を鈍らせてしまうのはもったいないので、しばらくこのやり方で過ごすようにエイラに伝えてもらうことにして、マリアローゼは工房へ向かった。


工房は石造りの建物で、上に煙突も付いている、ずんぐりとした形をしていた。

コンコン、とノックをしてエイラがマリアローゼの到着を知らせると、勢い良くドアが開いた。

「いらっしゃーーい！」

笑顔で歓迎したのは、褐色の肌に金の髪、緑の瞳をした美女だった。

汚れてもいいような大き目の半袖の上着に、ズボンという出で立ちで、嬉しそうにニコニコしている。

「双子ちゃん以外がここに来るとは思わなかったわあ」

「やはり、お兄様達もお邪魔しているのですね」

「かなり前からになるわねえ」

双子が工房の存在を知ったら、絶対に押しかけるだろうという予想は当たっていたが、相手からネタばらしをしてくると思わなかった。

向日葵《ひまわり》のような爽《さわ》やかで大らかな笑顔の美女を、マリアローゼは心配そうに見上げた。

「ご迷惑をおかけしておりませんか？」

「まあ、あの子達のせいで大目玉を食らったのは一度や二度じゃないけどねえ、楽しいからいいのよ」

ろう。

「ふふっ」

本当に気にしてないようなさっぱりとした答えに、マリアローゼは思わず笑ってしまった。

エイラが言葉遣いや態度などに口を出さないのは、彼らがそれを仕事に求められていないからだろう。

魔道具師というのは、それだけ希少で特殊な技術職なのだ。

「それで今日はどんな用だ？」

奥から声がかかったので、そちらに視線を移すと、同じく褐色の肌に金髪緑目の、やんちゃそうな青年がツンツンした頭にゴーグルを着けているところだった。

(見た目が似ているけど、二人は姉弟？)

マリアローゼが見比べていると、美女はニコーッと笑った。

「紹介が遅れたわね、あたしはクリスタ。こっちは弟のレノ」

クリスタがバンバンとレノの背中を叩いて紹介する。

「痛《いて》えっての」

レノはブツブツ文句を言うが、特に逃げる様子もない。

クリスタも割と筋肉の乗った腕をしているが、レノは更に筋骨隆々としている。

かといってガッチリしているわけではなく、機能的で痩せ型のマッチョだ。

「作っていただきたいものがありますの」

「へえ、どんなどんな？」

一つはペン。

今は羽ペンとインクを使って文字を書いているのだが、一体化した万年筆が欲しいと思っていた。

マリアローゼは二人に万年筆の説明をする。

「ふむふむ。これは簡単に出来そうだねえ。しかも売れそうな品だわあ」

「筒の部分にインクを補充して、ペン先の筆圧でインクの出力を調整していただければいいかと思いますわ」

「……こりゃすげえな。俺も欲しいと思うぜ。しかも魔法石はごく微量で済むから安価に流通出来そうだ」

話を聞きながらレノがさらさらと図面を引いて、絵図に注釈を付けている。

「ああ。使う魔法石は少量で、ペン先と専用のインクを消耗品として売り続けることだって出来る。一度売って終わりじゃねぇのもすごいな」

「ぶっちゃけて言うと、これだけで一財産築けるよ、お嬢様」

「クリスタさんもレノさんも、とてもいい方なのですね」

マリアローゼが感心したように二人に告げると、さすがは姉弟と言いたくなるような似た顔で驚きの声を上げた。

「ええっ？」

「はあっ？」

マリアローゼの言葉に二人は困惑して顔を見合わせて、またマリアローゼに視線を戻す。

「いえ、わたくしみたいな世間知らずに隠し通して、商品を売ることも出来ますでしょう?」

「いやあ、うーん……お嬢様は見た目だけじゃなくて中身も可愛いねえ。あたし達は十分賃金をもらって、自由に開発する時間ももらえて、かなり厚待遇だと思ってるよ。それに、例えば財産を築いたところでさ、あたし達のやりたいことは今と変わんないからねえ。公爵様の庇護がある方が、何かと楽なのさ」

クリスタは指を折りつつ、マリアローゼに利点を挙げていく。

「家賃がないから払わなくていいでしょお、消耗品や材料も言えば執事さんが揃えてくれるし、修理修繕と消耗品の在庫作り以外はほぼ研究に時間が使えるし、いい品が出来たら権利を買ってくれるし、無駄な労働や押し付けもないからねぇ、天国なのよぉ」

(た、確かに厚待遇だし、超絶ホワイト!)

「それと、掃除洗濯食事の用意もお任せでいいなんて、もう本当に一生働けるじゃない?」

ドヤッと笑みを浮かべるクリスタを見て、マリアローゼは妙な感動を覚えた。

(本当に仕事が好きなのね)

先程まで紙面に走らせていたヨレヨレの羽ペンを耳に挟みながら、レノが付け足した。

「あとなぁ。あの公爵様に隠し事が出来ると思わねぇし、そんなことしたら消される……」

「あっ、こらあ、そんなこと言うとランバートが来るよお」

「こえぇ」

思わぬところでいつもとは違う父の評価を聞けたのが、何だかマリアローゼには嬉しい。しかもネタにされる始末である。

マリアローゼも楽しそうにふふっと笑った。

(お父様は怖がられているのね)

さすがにマリアローゼは怒られたことはないが、怒ったところを想像したら確かに怖そうだ。

だが、作りたいものをもう一つ思い出して話を続けた。

「あともう一つございますの。これは自衛のための道具なのですが」

マリアローゼはその道具の形や用途を説明した。

現代風に言えば、ホイッスルである。

「笛?」

「そうですわ。音を増幅したものであれば、かなり遠くまで聞こえると思います。出来れば、使い手の耳にはあまり音が直撃しない方がよろしいのですけれど」

(自衛出来るくらいに強くなるまでには、最低でも十歳前後までかかるよね……凡人だもの……魔法の才能だってないに等しいかもしれないし、一度目の奇跡がその後も続く保証もないしね)

だとすれば、効率的なのは「自分の危機を知らせる」ことと「自分の位置を知らせる」ことではないだろうか。

腕利きの騎士であれば、音の方向や距離から居場所を瞬時に把握出来るだろう。

「ほう。従魔師が使う使役用の笛みたいなもんかな」

「従魔師……」

それは魔法関連の書籍でも、あまり出てこない稀有《けう》な存在だ。

まさか公爵邸の工房でそんな情報を聞けるとは思わなくて、マリアローゼはぽかんとした。

「ああ、魔物使いとも言われてる奴だ。この屋敷にも一人いるが、笛の修理や調整が必要な時はここに来る。普段は農場の隅の小屋に引っ込んでて、あまり表には出てこないが」

農場の近くまでは行ったが、小屋には見覚えがないマリアローゼはこてん、と首を傾げた。

「そっか、お嬢様は夜に外なんて出歩かないもんねえ。この屋敷の警備は騎士もやってるけど、夜は特に万全の警備をするために従魔を使ってるんだよ。その従魔を使役してるのが、従魔師のウルラートゥスさね」

「存じませんでしたわ。教えてくださってありがとうございます」

(夜、従魔、従魔師。全く知らない屋敷の防衛システムだわ。お父様はやっぱりすごい)

マリアローゼにとって、というより普通の貴族では考えもつかないような柔軟な発想である。

父が信頼に足る人物と判断して、更に何か起こったとしても対処出来ると踏んでいるからこその従魔師の起用なのだろう。

確かに夜の闇の中では、人間より従魔の方が遥かに広範囲を守ることが可能だ。

慧眼《けいがん》であるだけでなく、度胸もあれば斬新なアイディアも取り入れる。マリアローゼは改めて父は偉大なのだと感心した。

ちなみに、原作小説ではそんな話は一切出てきていない。

「さて、この二つの依頼だが、三日もあれば出来る。ただ笛の方は音調整が必要で、郊外での試験も必要だから五日、ってとこか。で、ペンの方だが、これは公爵家御用達《ごようたし》の商会に卸すか、自分で商会を立ち上げて売るか、旦那様に相談した方がいいと思うぜ」

「分かりました。重ね重ねありがとうございます」

マリアローゼは愛らしく、スカートを摘《つま》んでちょこんとお辞儀をした。

「あと、もし商人に伝手《つて》が欲しかったらまた頼ってねえ。一応心当たりもあるから」

クリスタが懐こい笑みを浮かべて、ヒラヒラと掌《てのひら》を振る。

「ではよろしくお願いします。また参りますね」

工房から外に出ると、マリアローゼは足を止め、地面を見つめながら考える。

(商会……いずれは、と考えてはいたけれど……)

往々にして転生ストーリーの中では、商会を立ち上げる話も出てくるが、そう簡単にはいかないだろう。

(魔道具の開発をしたとして、かなりの準備が必要だわ。開発する職人の他に量産出来る施設とそこで働く職人、原材料の入手方法、そしてそれに関わる運搬と人件費。販路の開拓や店舗の購入、運営もあるし、商人同士のネットワークはギルド以外にも必要よね……優秀な商人はクリスタさんに頼るしかなさそう……)

他にも、書類を作成する書記官や何か問題があった場合の弁護士も必要となってくる。

一人で抱えるには大きすぎる問題なのだ。

工房での時間はそこまでかからなかったので、残りの時間は従魔師への訪問にあてることにする。

商会の立ち上げについては問題が山積みなので、マリアローゼは潔《いさぎよ》く後回しにした。

従魔師のウルラートゥスのところへ向かうと話すと、エイラは多少難色を示した。

エイラが言うには気難しい人物のようだ。マリアローゼも緊張はするが、どうしても聞いてみたいことがあった。

従魔師は古くからある職だが、どの国でもあまり地位が高くない。

というより従魔の能力は見下され、忌避される能力の一つだった。

それ故《ゆえ》、身を立てる職業が限られてしまう。

(従魔師がなれる職業は冒険者か狩人《かりうど》らしいけど、暗殺者にも向いてるのよね。でも登録制で、許可がなければ街に入れないはずだから、貴族のお抱えでないと裏稼業は無理そうだけど)

従属させた従魔は一定距離を離れると使役不能になるため、主人の側を離れられないらしい。

使役不能になった従魔は、その場で動かなくなるか、魔物の本能によって行動する。帰巣本能が強ければ森や山に潜《ひそ》むだろうし、攻撃本能が強ければ暴れ尽くすだろう。

今まで読んだ本の中で知った、数少なくもごく一般的な知識だ。

とても優秀な能力なのに何故忌避されているのかといえば、人類の敵である「魔物」を使役することへの怖《おそ》れと、従魔師への不信感である。

従魔の種類や性質にもよるが、例えば一対一で戦って勝てる人間は少ない。

そんな強大な力を持つ従魔を、従魔師は場合によっては何匹も操るのである。

故《ゆえ》に、その能力を生かすのならば、人里離れた場所で狩りをして生計を立てるか、冒険者として各地を転々とする生活に限られてしまう。

術者が死ねば解き放たれる魔物を恐れ、好んで近寄ろうとする人間があまりいないというのも、職が限られる理由であった。

厩舎《きゅうしゃ》や飼育場を抜けると、似たような簡素な木造の小屋があった。

クリスタに聞かなければ、倉庫か何かだと思って通り過ぎていたに違いない。

だから、すぐ近くで働いていたにもかかわらず、原作では登場していないのだろう。

(少なくとも一巻に載っている十年間は)

エイラが扉の前に立つと、先に「誰だ」と内側から声がした。

「マリアローゼお嬢様が参られました」

すると中でごそごそする音と鍵が開く音がした後、扉が少し開いた。

「お邪魔致します」

中に入ると、外観と同じく簡素な木の内装で、ベッドが一つに煮炊き用の設備、そして七匹の獰《どう》猛《もう》そうな灰色の犬達が寝そべっていた。

「あぁ……あの赤ん坊がもうこんなに大きくなったのか」

呟《つぶや》いたのは、褐色肌に銀髪、赤い瞳の隻眼の美青年――ウルラートゥスだ。

「わたくし、赤ちゃんの頃にお会いしてますの?」

「ああ、こいつらに匂いを覚えさせるからな」

こいつら、と顎で指し示された犬達は、獰猛《どうもう》な見た目に似合わず大人しく寝そべったままである。

「ところで、誰に聞いてここに来た」

「クリスタさんですわ」

「あのバカ女か」

ケッ、と吐き捨てるようにウルラートゥスは不機嫌そうに頭を掻く。

だが、クリスタのことをそんなに嫌っているわけではなさそうだ。

特に口止めもされていないので、マリアローゼは簡単に口を割ったが、このくらいでクリスタが責められることはないだろう。

「先触れもせず、申し訳ありませんでした。どうしても聞きたいことがあって」

「そんな丁寧に喋《しゃべ》るな。身体が痒《かゆ》くなる」

眉を顰《ひそ》めて嫌そうな顔をすると、ウルラートゥスは腕を組んだ。

ずっと出来るだけ丁寧に話すことを心がけているので、逆のことを言われるとマリアローゼには難しい。

(前世は庶民だけど、今は淑女ですもの！　すぐに直すのは難しい……)

徹底的にしごくイオニア先生の教育の賜物《たまもの》である。

例えば頭の中で乱暴な言葉遣いをしても、現実的にはＴＰＯを弁《わきま》えて話すのと同じ。

貴族社会では言葉一つで命取りになりかねないのだから、丁寧かつ慎重な言葉を普段から心がけるのは当然だ。

「む、むずかしいです。けど、がんばります」

「で？　聞きたいことって？」

「従魔の手懐け方……従属の方法が知りたくて」

「まあ、本にゃ書いてねぇもんなぁ。でも、そんなん知ってどうすんだ？」

（よくあるファンタジーもののゲームでは敵を弱らせて、テイム！　と言うだけなのよね。でも発動しなかったら、ただの痛い人だわ）

敵を弱らせるにしても、体力ゲージやステータスが見れるわけではないし、見えていてもタイミングは難しいだろう。

（何度勢い余って殺してしまったことか）

瀕死の状態を見極めるというのが、ゲームシステムのない現実で可能なのかも気になっていた。

ＴＲＰＧであれば、更に世界観ごとに詳細な制約がつくのだが、魔法関連の書籍にはウルラートゥスの言う通り独自の魔法としか載っていなかった。

「わたしも従魔が欲しいんです」

（教えてくれるかどうかは分からないけど、この人には直球で話した方が良さそう）

マリアローゼの望みに、一瞬ウルラートゥスはぽかん、とした。

そして、眉根を寄せて、しばらく珍妙なものを見るような目でマリアローゼを見つめる。

我侭《わがまま》なお嬢様がペット感覚で欲しがっているると考えたのだろう。だとしても魔物をペットにしたいお嬢様は普通ではない。

ウルラートゥスは面倒臭そうにではあるが、マリアローゼの頼みを聞いた。

「さすが、あの酔狂な公爵様の娘だな。まあ教えてもいいが、だからって誰もが出来るわけじゃねーぞ」

「はい」

「本にはなんて書いてあった？」

「ただ、絆《きずな》を結ぶ、という記述だけです」

一番踏み込んだ内容だったものを思い出して、マリアローゼは呟《つぶや》く。

背にした机に寄りかかりながら、ウルラートゥスは頷いた。

「大筋ではそうだ。だから、人によってやり方が違《ちげ》ぇし、出来ない奴には出来ねぇ」

「ふむふむ」

「これは俺のやり方と考え方になるが、要は交感だな。お互いの魔力を混ぜ合うっつうか……難しいな、説明が」

それを聞いた途端に、ぶわっとマリクとの魔力の受け渡しを思い出して、鳥肌が立つ。

(あの、ぞわりとする感じ。こんな風に思ってしまってマリク先生には失礼だと思うけど……)

異物が身体に入るという感覚が、生理的にぞくりとさせるのだ。

「んで、その魔力はどこに宿るかって話だ。まあ魔石ではあるんだが、俺は血だと考えてる」

「血ですか」

「血は全身を巡る道みたいなもんだ。そこに魔力を乗せて、相手に送り込む。必要なら相手からも取り込む。その方法で俺はこいつらと絆《きずな》を結んでるってわけだ」

(全然予想しなかった方法……)

無論書籍にそんなことは書いてないし、一般的な説でもないのだろうが、納得はいく。

(血ではなくて、気でもいいのかもしれないけど……試してみないことには分からないか)

より物質的な血である方が、比較的絆《きずな》を結びやすいのかもしれない。

だが、血というと忌まわしいものとして扱われてしまいそうでもある。

「扱いとしては禁術に近いのでしょうか」

「かもしれねぇな。何しろ神聖教では自然の摂理に反するとか言って、従魔師を迫害してたこともあるからな」

「未知なるものに恐怖して、それが攻撃対象になるのは悲しい話ですね」

まだ神聖教については詳しく勉強出来ていないが、さもありなん、と思う。

(聖なるものを掲げる人々にとっては、役立つとしても排除すべき悪として映りそうよね。短絡的だし暴力的でもある)

そんな思考を持つ人々が色々なところに潜《ひそ》んでいそうなのも厄介だ。

沈んだマリアローゼを気遣うように、ウルラートゥスが明るく声をかけてきた。

「役に立ったか?」

「ええ、大変参考になりました」

「ハハ、親父に似てあんたも変わりもんだな」

マリアローゼをからかうようにウルラートゥスが笑う。

「そんなに褒めても何も出ませんよ」

「いや、褒めてねぇ」

うふふ、と嬉しそうに頬を染めるマリアローゼに、真顔で否定するウルラートゥス。

からかわれていたとしても、マリアローゼは嬉しかった。

「父に似ている、はわたくしにとって褒め言葉なのですよ」

「そうか。あいつが聞いたら喜ぶな」

存外親しげな言い方で、ウルラートゥスは優しげな笑みを浮かべる。

(お父様とウルラートゥスは友達のような関係なのかしら?)

マリアローゼは、気難しいという噂のウルラートゥスが意外にも面倒見がいいという事実に親しみを感じた。

やはり直接関わってみないと、人は分からないのだ。

「またお邪魔致します」

「そん時ゃ、酒でも持ってきてくれ」

「はい。分かりました」

まだ五歳児であるマリアローゼは酒には縁遠いが、またウルラートゥスのもとを訪れる日はそう遠くはないだろう。

お酒をお土産《みやげ》にしよう、と決意して、マリアローゼは小屋を出たのだった。

第七章　商会の設立

マリアローゼとロランドの罰は結局一週間もかからず終わってしまった。残りはマリアローゼは朝の体力作りの日課、ロランドはその後に剣の修練に励み、午後からは一緒に読書をするという日々が続いている。

そんな中マリアローゼは、工房に訪れた時に話した商会の設立についても考えて始めていた。

父ジェラルドは宰相として、国の運営に直接関わっているほどの才人だ。

生半可な動機や知識で商会の設立の許可を求めても無理なのは、マリアローゼにも簡単に理解出来る。

そもそも、マリアローゼはまだ五歳。この世界の法律や商会の知識などは皆無である。

(やはりここは賢いお兄様達を頼ろう)

マリアローゼは、早速夜に開催している勉強会で相談を持ちかけることにした。

しばらく勉強して一段落したところで、マリアローゼはコホン、と咳払いをする。

「お兄様達にご相談がありますの」

可愛らしい笑顔を向けられて、兄達は身を乗り出した。

「なになに？」

「何を盗んでくればいい？」

双子が率先して聞いてくる内容に、マリアローゼはジト目を向けた。

「犯罪ではありません」

「まずはローゼの話を聞きましょう」

キースが仕切り直すように双子の襟首を掴《つか》んで、椅子へと引き戻した。

「わたくし、商会を立ち上げようと思うのですけれど」

「「「えっ」」」

マリアローゼの突然の爆弾発言に全員が呆気に取られる。

「どうしてそういう話になったんだい？」

いち早く復活したシルヴァインがニコニコと笑みを浮かべて訊《たず》ねた。

まるで新しい玩具を与えられたような、心底楽しそうな笑顔である。

「実は工房に魔道具の作成を依頼致しまして。一財産築けると太鼓判を押していただきましたの」

「ローゼは金持ちになりたいのか？」

ノアークが首を傾げて聞いてきたが、それに対してマリアローゼはふるふると首を横に振る。

「良いものをより安く庶民にも普及させることが目的ですの。でも目的は他にもあります。お父様を説得するためにも少し調査をしたいと思っております」

「ふむ、つまりローゼが立ち上げたいのは庶民向けの商会で、貴族相手の商売は父上のお抱え商会に任せるということですか」

キースは一を聞いて十を知る、打てば響く反応だ。

「ええ、そういうことになります」

貴族に対しての販路は一朝一夕に開拓出来るものではない。

ここは、人脈や話題性が物を言う世界だ。

それならば、元々貴族に伝手《つて》のある公爵家お抱えの商人や商会に、品物を任せて売ってもらうのが手っ取り早い。アウァリティア王国では誰もが自由に商売出来るわけではないのだ。

領内で採れるものを売るにしても、基本的には代理人を立てて商人同士で交渉をしてもらう。

貴族が自《みずか》ら売る、というのが恥とされているのが一つ目の大きな理由だ。

王国では領地を持たない男爵家や子爵家といった下位貴族にしか、商売の許可は下りない。

何故なら、伯爵家以上の領地持ちは、領地から得られるあらゆる税金や作物などの売り上げによって十分富を得られるからである。富を上位貴族に集中させないための措置でもあるし、税収のない低位貴族への温情でもあった。

上位貴族が、出資という形で爵位を継げなかった子供に立ち上げさせた商会の後援者となることはよくあるが、大体は既存の商会に出資して利を得るのが普通だった。

こうした仕組みによって、労働して金銭を得る下位貴族は労働階級だと見下す貴族もいるのである。

そして領内の作物を売るために代理人を通すもう一つの理由は、近隣貴族との軋轢《あつれき》を生まないためだ。

例えば貴族同士が直接交渉すると、まず身分差による圧力で身分の低い家門が搾取されかねない。

拗《こじ》れても裁判になるならまだいいが、直接的な武力での争い事となる可能性もある。

そのためどこの領地でも商人を代理人に立て、領主には報告が届く形にしていた。

優秀な代理人が見つからない場合は、商業ギルドに一任することも珍しくないという。

領内の生産物や特産品の売買と違い、物販は店舗があれば始められるし、信頼出来る商人がいれば、代理で運営してもらうことも出来る。

(問題は山積みなのだけれど)

マリアローゼは兄達に向かって微笑んだ。

「面白そうじゃないか」

「兄上も以前考えていませんでしたか？」

キースがはたと気づいたように言い、シルヴァインに視線を移す。

「ああ、そういえば。でも売りたいものがなかったからな。すっかり忘れていたよ」

「では、その草案を元にして、父上に相談したらいいんじゃないですか？　ローゼ」

さすが頭のいい長男次男である。

売りたいものもないのに、そんな構想を練っていたのも驚きだが、草案だけ作ってポイしていたのもすごい。

(難問をクリアする楽しみだけ得る、そんな神々の遊び？)

「わたくしはその辺りのことには疎《うと》いので、お兄様達にお任せしてよろしくて？」

「分かった。部屋から資料を持ってくる」

「僕と兄上で企画書を任されよう」

こうしてマリアローゼは思い切り助走をつけて、兄達へ丸投げした。

この世界の法律にも、慣例通例などにもまだまだ勉強不足の身である。だが、こんなにスペシャルな兄達がいるのだから、頼るのは当然。

と、自分に言い聞かせるマリアローゼは、面倒な仕事が一つ片づいてほくほくなのである。

「ねーねー俺達は？」

「俺達も手伝いたいんだけどー」

「……俺も」

「ミカエルお兄様とジブリールお兄様は、商品開発を手伝ってくださいませ。悪戯《いたずら》目的のものではなくて、便利なものですわよ？」

マリアローゼがお願いすると、二人は諸手《もろて》を挙げて喜んでいる。

本当に分かってくれてるのか心配になりつつ、マリアローゼは次にしょんぼりした犬のようなノアークに向き直る。

「ノアークお兄様は、わたくしの助手です」

「……分かった」

ぱあぁ、と嬉しそうに言うノアークは表情にはあまり出ないものの、見えない尻尾をブンブン振っているのがマリアローゼには感じられる。

そして、ノクスとルーナも仲間外れにはしない。

マリアローゼはにっこりと笑いかけた。

「ノクスとルーナにもいずれお手伝いしてもらうことになりますわ」

「喜んでお手伝いします」

「頑張ります、お嬢様」

二人の真剣で素直な申し出に、マリアローゼは嬉しそうにふんふん頷いた。

これで土台は整ったので、後は踏み固めていくだけである。

マリアローゼは予想外の展開ながらもとても満足して、新しい魔道具について考え始めたのだった。


ノクスとルーナは予想以上に優秀だと、マリアローゼはエイラから聞いていた。

勉強の場でも、その優秀さは遺憾なく発揮されている。

教えたことは忘れないし、マリアローゼや兄達への振る舞いもしっかりしていて、貧民だったのが嘘のようだ。

彼らは一時期教会の孤児院にいたらしいが、あまりいいところではなかったらしい。

というのも、話すのに気が進まないようだったので、マリアローゼは二人に話を聞くのを躊躇《ためら》っていた。

孤児院というのはある意味、人材の宝庫である。家庭環境には恵まれなかったが、教育すれば光る才能を持った子供がたくさんいるからだ。

原作小説にはない行動ではあるが、マリアローゼは一度見てみたいと思っていた。

「お父様、わたくし孤児院の慰問に参りたいのですが」

晩餐《ばんさん》の際に言うと、ジェラルドはぴしゃりと言った。

「まだ早い」

すると、後ろに控えているランバートが一瞬鋭い視線をジェラルドへと向けた。

（何故駄目なの？　確かに子供だけど、親に伴われて慰問することもあるのじゃないかしら？）

それ以上聞かない、というようなジェラルドの態度を見て、マリアローゼはミルリーリウムに視線を向けると、母は困ったように微笑む。

「魔法と剣の修練がある程度進んだら、改めて考えましょうね」

そう言われて、マリアローゼは渋々こくん、と頷いた。

（つまり、自衛の手段がなければ遠くへは行けないということなのね……でも、お父様の態度は酷くない？）

「父上は君の心配をしているんだよ、ローゼ」

マリアローゼを慰めるように、シルヴァインが頬を撫でる。

「それは存じております。ありがとう、お兄様」

不機嫌ではないですよ、というアピールに微笑を浮かべつつも、マリアローゼは別のことを考えていた。

（もしかしたら、ルーナとノクスの事件は教会絡みなの？　それなら、お父様の態度にも納得がいく。二人があまり教会の孤児院のことを話したがらないのは、嫌だったからではなく口止めされていたからだったのかもしれないわね）

だが、ここでその話題を出すのは気が引ける。

（一度探ってみよう。危険には近づかない方がいいし、余計な心配もかけたくないもの）

どことなくぎこちない晩餐《ばんさん》の後で、マリアローゼは他の用件を携《たずさ》えて執務室に向かう。

執務室の前に立つと、ランバートがスッと扉を開けてくれた。そして中からは父の声がかかる。

「入りなさい」

「失礼致します、お父様」

マリアローゼは扉を押さえるランバートの前を横切り、室内に入ったところでちょこんと一礼する。

「掛けなさい」

ジェラルドの言葉に頷いて、長椅子へと腰を下ろした。

「お話ししたいのは孤児院のことです」

マリアローゼが切り出すと、ジェラルドの目が若干鋭く光る。

「ノクスとルーナも孤児院にいたそうですが……」

「二人から何か話を聞いたのかい？」

穏やかな笑みを纏《まと》っているが、雰囲気は穏やかではない。

言外に「あいつら何か余計なことを話しやがったのかい？」と聞いているように見える。

その態度で、やっぱり何かあるのだと確信する。

でも今はそれが分かっただけで十分だから、あえてそれ以上は触れない。

「いえ、あまり良い思い出はないようなので、深くは聞いておりませんが……子供達にも出来そうな仕事を思いついたので、提案しに参りました」

晩餐《ばんさん》の件で食い下がるわけでもないと分かったのだろう、話を続けるようにとジェラルドに頷き返されてマリアローゼは続けた。

「写本はいかがでしょうか？　文字は読めなくても、形を写すだけなら出来そうですし、語学の勉強にもなるのではないかと思います。それに写本は高級なもので、手に入れる方も好事家《こうずか》の商人や貴族の方達、そして高名な学者様です。時間はかかりますが実入りも大きいはずですから、孤児院の生活向上にも一役買えるのではないかしら、と思いまして」

「ふむ……。それはいい目の付けどころだ。検討しよう」

ジェラルドは嬉しそうに言って席を立つと、マリアローゼをひょいと抱き上げた。

マリアローゼもはにかんで、父の頬にぷっくりと柔らかい頬を寄せる。

「君はやはり天使だな。優しくて賢い、自慢の娘だ」

優しく抱きしめられて、マリアローゼはニッコリと微笑んだ。

「お父様、もう一つ大事なお願いがあるのです」

「何だろうか？」

にこにこと機嫌良く笑顔を向けるジェラルドから、ランバートに視線を移して、マリアローゼは命じた。

「外で待機しているラルスを呼んでください」

「畏《かしこ》まりました」

ラルスというのは従僕の一人であり、見た目もいいが中身も真面目な青年だ。

執事見習いの従僕の中では優秀らしく、用事を頼みたいとお願いした際にエイラが連れてきたのがラルスだった。

金色に近い茶色の髪に、優しげな青の瞳を持つ青年は部屋に入ると敬礼してから、ジェラルドの執務机に書類の束をどさり、と載せる。

可愛いお願いだと思っていたら、どうやら違ったのだろう、ジェラルドは笑顔のまま固まった。

「これは……え？」

ジェラルドはパラパラと片手で書面を捲《めく》って目を通す。キースとシルヴァインの筆跡で綴られた商会立ち上げの計画書である。

「マリアローゼが何でこんなものを持ってきたんだい？」

「わたくしの商品を売りたいからですわ」

「商品」

ふんす！　と腕の中で胸を張って主張する娘に、父の目が点になる。

「工房から報告は行ってませんでしたか？　……ええと、クリスタさんとレノさんに一財産築けると言われまして、信頼出来て有能な商人さん達も紹介していただく予定ですのよ」

「ふむ、商品の説明は彼らから聞くとしよう」

「まだ量産体制も整っていませんし、貴族向けと庶民向けの商品を作るので、両方仕上がりましたら、改めてお父様にお願いに参ります」

「しかし、それなら商品を卸すだけでいいだろう？　わざわざ商会を立ち上げる必要はないと思うが？」

（お金を得たいだけならば、確かにそう。お父様の意見も正しい）

暗に反対しているというだけじゃなく、覚悟や信念を試されているようで、マリアローゼはこくん、としっかり頷いてジェラルドを見つめた。

「もし商品を卸すだけだとしたら、法外な値が付けられてもこちらには手の出しようがございません。わたくしは便利な道具を、平民の方々にも安価に使ってもらいたいのです。現在、魔法石の希少性から、魔道具は平民の生活にはあまり取り入れられていないのが現状と存じております。貴族と平民の生活水準が違うのは重々承知ですが、その差があまりにも大きいのはよろしいことではないと思いますの」

マリアローゼの答弁に、ジェラルドは少し驚いたように眉を上げた。

そしてふっと微笑む。

「よく考えてきたね。シルヴァインかキースの意見かな？」

「いいえ、わたくし個人の意見ですわ。お二人は妹の我侭《わがまま》を聞いてくださってる優しいお兄様達です。お父様、わたくしは我侭《わがまま》で強欲なのです。ルーナとノクスを助けていただいたことに感謝しておりますが、彼らのような子供はまだまだおります。きりがないのが分かっていても、見過ごしていいということにはなりませんわ」

ジェラルドは眉間を揉むように指を当て、しばらく沈思《ちんし》してから答えた。

「何故、そんなに慈悲を与えたいんだい？」

すでに第一王子の誕生会で、周囲にマリアローゼの価値は示されてしまっている。筆頭公爵家という出自だけではなく、王室の縁者でもあり、王子達とも親しい。更に美しく賢い上に、魔法の力が目覚めたことが知られるのも時間の問題だ。それに加えて、幼くして事業を興《おこ》して慈善事業を始めなどすれば、価値が天井知らずになってしまう。

ジェラルドとしては、マリアローゼに大人しくしていてほしいと思っているのだろう。

「これは慈悲ではなく、わたくしの我侭《わがまま》です。幸せな人々が増えれば、争い事も減りますでしょう。争い事が少なくなれば、家族が危険に晒《さら》される可能性も減ります。わたくしにとって大事なのは、この公爵家の家族なのです」

「君が何もしなくても、公爵家は揺らがない」

ジェラルドはきっぱりと否定した。

マリアローゼは一瞬怯《ひる》みそうになるが、毅然とした態度で父を見つめる。

「ですから、再三申し上げております。わたくしの我侭《わがまま》でございますの。わたくしの商品で莫大な利が得られると言われた時に、使い道を決めました。女性や子供達、無力な方々の救いになることをしたいのです。お父様がわたくしに、『力なき者達を見捨てて生きる、冷酷な人間だという自責の念に駆られて生きよ』と申されるのでしたら、お言葉に従いますわ」

言うに事欠いて、立派な脅しである。

それを聞いたランバートは顔を背けて、静かに笑いを堪えていた。

ジェラルドもさすがに唖然としている。

(もう一押しね！)

「そんなことになったらわたくし、食事も喉を通らなくなりますし、夜も眠れるかどうか……冷酷な人間として生きていくのが辛くて、世を儚《はかな》むかもしれませんが」

「分かった、分かったからもうやめてくれ。本当にそういうところは我が最愛の妻によく似ている」

ジェラルドは片手で顔を覆って天井を仰いだ。

ランバートも横で深く頷いている。

(確かにお母様に甘いお父様だもの。こんなことを言われたら、大体のことは聞いてしまいそう)

暢気《のんき》に考えているマリアローゼも同じことをやってのけたのではあるが。

「あくまでも公爵家の代理人にはシルヴァインを立てるように。利益の使い道も全て執事達に報告させるし、監査役もこちらで用意する」

「ありがとうございます！　お父様、大好きです」

マリアローゼは笑顔で父にお礼を述べる。

（私には未来を見通す力も人の心を読む能力もないし、何もかも手探りでやるしかない。家族と自分を守るには慎重に生きていかなきゃ！　これが、皆を幸せにするための第一歩、ですわ！）

「私も愛しているよ、ローゼ。よし、部屋まで送っていこう」

そう言って、ジェラルドはマリアローゼを抱き上げて部屋へと歩き出す。

長い廊下を歩く間、今日読んだ本の感想を話していると、あっという間に部屋の前に着いた。

部屋の前で待っていたエイラが会釈《えしゃく》する。

「ここまでで結構です、お父様」

マリアローゼは足をパタパタ動かして下ろすようにせがんだ。

「娘といえど、レディですので」

ふんすと、胸を張って言えば、ジェラルドは目を細めて笑い、床の上にマリアローゼを下ろす。

この後、日本語の勉強会を開くのだ。

「分かったよ。お休み、ローゼ。いい夢を」

「はい、お父様も」

マリアローゼはお父様を追い払えた！　と思っているが、勉強会はもちろんバレていた。

後日気づかれないうちに捜査され、知らないうちに勉強会の内容まで把握されてしまうのだが、マリアローゼはこの時は全く気づいていなかった。

部屋の前でマリアローゼはランバートとジェラルドを見送って、最小限にドアを開けるとささっと中に入る。

（ふう、危ない）

中では兄達とルーナとノクスが恒例の勉強会を開いている。

さすがというか何というか、誰に突然入室されてもいいように日本語の資料は隠していたようで、それぞれがまた机の上に戻し始めた。

「お帰りローゼ」

口々に言われて、マリアローゼも「ただいま」と返す。

「自習の成果を見せていただきますね」

そう言って定位置に座ると、マリアローゼも勉強会に交ざった。

第八章　謎の勉強会

マリアローゼの追い返す態度は不自然というほどではなかったが、勉強会はジェラルドの気になるところとなっていた。

ランバートの指導が時々入るノクスとルーナは、未来のマリアローゼの側仕えだ。

マリアローゼ直々に二人に言葉を教える、というのがそもそもの始まりだった。

そこに日々、兄達が全員詰めかけていれば、各々の侍従からも報告は上がる。早々にジェラルドと家令のケレスにはすっかり把握されていたのである。

「一体何を勉強しているんだろうね」

楽しげに言いながら、ジェラルドは書類に目を通して署名していく。

「最初は読み書きでしたが……詳しくお調べ致しましょうか」

傍《かたわ》らに控えていたランバートが、静かに執務机の上に紅茶を載せる。

ジェラルドは次の書類に目を通しながら、少し笑った。

「邸内で過ごす範囲なら制限する気はないんだが……、把握しておくに越したことはないだろうね。さて、面白い結果が出るといいんだが」

軽口を叩いていたジェラルドが、調査結果が面白いどころではないことに気づくのは、それより数日後のことであった。

日の出と共に使用人達は目覚め、働き始める。本館に先駆けて使用人の館に明かりが灯り、まだ暗い時分から朝の掃除が始まるのだ。

ノクスとルーナも使用人服に着替えると、自室を軽く掃除して、まずは朝食を済ませに厨房に向かう。

「おはようございます」

二人の挨拶《あいさつ》に、あちこちから挨拶《あいさつ》の声が返り、「これを洗っとくれ」と籠《かご》いっぱいの野菜が渡される。

二人がかりでそれを運ぶと、丁寧に手早く洗い、別の籠《かご》に移して料理人のもとへ運んだ。

料理人は籠《かご》を受け取ると、器用にツヤツヤの野菜の皮を剥いていく。

次々に下女から振られる作業をこなしていくと、出来上がったばかりの朝ご飯がテーブルに並んだ。

パンにスープ、肉に野菜。前日の主人達の食事に使った残りの食材を中心に調理されたものだ。

フィロソフィ公爵家では、必ず残り物を利用するようにと言われているわけではなく、栄養も味もきちんとしたものを出すように命じられている。

基本的には主人達のために仕入れた食材なので、質はとてもいい。それに食べにくい部位や見目の良くない食材というだけなので、傷《いた》んだものでも古いものでもない。

大鍋でぐつぐつ煮られたスープは、色々な野菜の滋味《じみ》も相まって、香辛料などなくても十分美味《おい》しかった。

ルーナとノクスは下男や下女に交じって台所で手早く食事を済ませると、いつの間にか現れたランバートに名を呼ばれた。

「ルーナ、ノクス」

二人は、顔を見合わせると立ち上がる。

食事は終わったが、皿洗いはどうしよう、と思っていたところ、下女の一人が声をかけてきた。

「いいよ、置いときな」

「すみません」

ルーナが言い、二人で頭をぺこっと下げて、ランバートのもとへ向かう。

「勉強はどうだ？　捗っているか？」

命の恩人であり、生涯の主人でもあるマリアローゼが自《みずか》ら言葉を教えてくれている。

本だけでは分からなかった発音も、実際の言葉に照らし合わせて教えてくれるので理解しやすい。

今の二人にとって、何にも増して幸福な時間であった。

「お嬢様はとても分かりやすく教えてくださいます」

「買い物も出来るように、貨幣についても教わりました」

ランバートは二人の言葉に頷いた。

（どうやら生活に根付いた教育をしているらしい）

マリアローゼにどこで勉強したのか？　と問えば、多分本だと答えるだろう。

「でも実際の価格の相場については分からないので、それは私達が外出した時に報告することになっています」

「まだ、外には行けませんが……」

姉弟の言葉から察するに、マリアローゼは用意周到で現実的である。

(教えるに当たって、市場価格まで言及するとは……五歳とは思えない才覚だ)

ランバートは目を細める。

「言葉だけならもう覚えたのではないか？」

と鎌をかけると、二人がちょっと驚いたように目を見開いた。

「あ……ええと……それはまだ……」

「キース様が帝国の言葉も教えてくださるそうです」

しどろもどろになったノクスの言葉に被せるように、ルーナが言い繕《つくろ》う。

二人は余計なことを言わないように気を張っているようだったが、ランバートは隠し事には気づいていた。

ついでに、主人の情報を頑なに護ろうとする二人の心意気も買っている。

「分かった。仕事に戻れ」

話を終えたランバートは、会釈《えしゃく》をして台所へ戻っていく二人の背を見送った後、使用人屋敷を出た。

「ふむ……これは試金石にするのにちょうどいい、か」

自分が暴いてしまうのは楽だが、部下の調査能力を調べるのにぴったりの試験と思い直し、足を兵舎に向ける。

そこには朝食前に、護衛騎士と共に鍛錬をする従僕達がいた。

執事か侍従へと推す人材は、護衛としての役割もこなせるように訓練している。

「コルウス、アンセル、ラルス」

名を呼ばれた三人が、小走りにランバートのもとへ駆け寄った。

「おはようございます」

ぴしりと一斉に頭を下げ、姿勢を整える。

「簡単な調査を命じる。ルーナとノクスがお嬢様から受けている授業の内容だ。手分けをして、ご子息達の侍従からもそれとなく話を聞くように。ただし、気づかれないように慎重にせよ」

「はっ」

三人が再び敬礼をすると、ランバートはくるりと兵舎に背を向け本館へと歩き去った。

調査を命じられた三人はまず、役割分担と自分達の仕事の時間調整を相談し合った。

仕事の合間に少しずつ調査を進めるが、気づかれないように慎重に行わなければならない。

その結果、一人がルーナとノクスを教育している間に、もう一人が二人の部屋を調べることにした。

他にも侍従と子息が不在の間に、部屋の掃除を兼ねて勉強会に関する資料が置かれていないか確認する。

そうして少しずつ集まってきた情報に、三人は頭を抱えた。

「お嬢様が謎の言語を教えている」

荒唐無稽《こうとうむけい》な結果に、ランバートは瞠目《どうもく》した。

少しずつ写し取ったそれらの文字は、見たこともない文字だった。

しかも子供の作る出鱈目《でたらめ》なものではなく、きちんと意味も通るらしいのが、何とも不思議だった。

「これは……ふむ。お前達は職務に支障を来《きた》さない程度に監視を続けてくれ」

「はっ」

(さすがにこれは放置することは出来ない。三人への仕事の割り振りを考慮してでも継続調査しなければならないな)

ランバートはジェラルドの執務室へ急いだ。


「まだ完全な結果は出ておりませんが……」

前振りをしつつ、ランバートは書類をジェラルドの前に差し出した。

目を通したジェラルドの顔がだんだん厳しくなっていき、とうとう両手で後頭部を抱えて俯《うつむ》いた。

うむむ……と唸り声も漏らしている。

「このことは他には？」

「調べさせた従僕の三人だけでございます。各々の侍従からもそれと分からぬよう情報を集めましたが、一様に勉強内容は把握していないとのことでしたので」

「面白い結果であればと期待したが、これは……何と厄介な……なるほどあの双子が真面目に入れ込むわけだよ」

ハァァと盛大な溜息を吐いて、ジェラルドは今度は天井を見上げた。背凭《せもた》れに寄りかかり、だらしなく両の腕をだらりと投げ出している。

双子の息子、ミカエルとジブリールは他人の言うことをあまりきかない。

無理矢理きかせることは出来るのだが、それは父としての権力を行使してのみだ。

望むように動かすことが出来る人間はいないと言っていいくらい、懐柔しがたい性質の子供達である。

似たような性質の片割れがいるせいか、お互いが是《ぜ》ならば何も問題はないという突飛な価値観を持っているためだろう。

故《ゆえ》に、既存の規則を無視し、常識に囚われない行動をすることが多々あるのが難点だった。

それはそれで魅力的だし、愛しい子供達であるのは間違いないのだが。

「クセのあるあの子達を五歳にして御するか……」

ジェラルドは、マリアローゼが聞いたら違う違うとぶんぶん首を振りそうな言葉を呟《つぶや》く。

勉強なんて嫌だと逃げ回っていた双子が、マリアローゼの監督の下、熱心に授業を受けているというのだ。

双子とマリアローゼが拾った姉弟、それ以外にキースやノアーク、シルヴァインまで勉強会に参加している。

シルヴァインもクセが強く、興味がなければ何であれ見向きもしない人間だ。

「今のところ害はないと思われますが、どのような言語かはこちらでも把握しておくべきかと」

冷静なランバートの指摘に、ジェラルドは頷いた。

「うむ、そうしよう」

「三人については引き続き調査を命じておりますれば、ケレス殿と三人の仕事の割り振りについて調整を致したく」

「私からケレスに話を通しておこう」

背凭《せもた》れから身を起こすと、ジェラルドは傍《かたわ》らのランバートを見上げた。

「お前の目にはあの娘はどう映る？」

「旦那様によく似ておいでです」

真っ先にそう言われて、ジェラルドはひらひらと手を振った。

「分かってるよ、それはいい」

「非常に愛らしくて利発で、お優しい。頑固なところもございますが、引き際も心得ておられる。年相応と思える時もございますが、そう思えない時もございます」

「本当に驚かされるばかりだ……育っていく中で変わる部分があるのかもしれないが、このままだとあの娘の価値は高まるばかりだ。他国にこれ以上知られるわけにはいかない」

血統だけですら、自国他国を問わずに高嶺《たかね》の花なのだ。美しさ、賢さを兼ね揃えた上、人心掌握も出来るとあれば、貴族どころか王族に求められるだろう。

「僭越《せんえつ》ながら、全面的に同意致します」

ランバートは恭《うやうや》しく頭を下げた。

元々ランバートは主人に対して歯に衣《きぬ》を着せない物言いをするし、自他共に厳しいところがある。

そのランバートがここまでベタ褒めするとは珍しい。

「王妃からデビュタントまでの猶予として五年いただいた。その間はやはり領地で過ごさせることにしよう」

領地との往復に時間がかかり、道中の危険もあるので、マリアローゼが生まれてからは王都に留まっていた。

念願の娘なことと、ジェラルド自身が長期間離れるのが嫌だったという理由もある。

王都の屋敷は警備は万全だが、図書館を公開していることもあり、他人の出入りも多い。

王子の誕生日で内外の王侯貴族にマリアローゼの愛らしい姿を晒《さら》してしまった。

偵察に訪れる者が増えるだろうし、いずれは強引な手段をとる者も出てくるかもしれない。

政務や社交で不在がちなミルリーリウムとジェラルドよりも、領地で管理人をしている弟ジェレイドに任せる方が安全だろう。

性格に難はあれども、マリアローゼを守ることに関しては弟の方が適任かもしれない。

(何よりあいつは、マリアローゼを自分の命より大切に思っている)

ジェラルドは苦笑を浮かべつつ思いを馳せた。

類稀《たぐいまれ》なる予知の能力を持ち、幼い頃からジェラルドとミルリーリウムの間にマリアローゼが生まれるのを予見していた弟である。

先代公爵は、その能力を駆使して色々な商売を立ち上げ、冒険者としても名高いジェレイドを当主へと推していたのだが、本人がそれを徹底的に拒否したのだ。

（家督争いに発展することなく約定《やくじょう》通りにミルリーリウムを娶ることが出来たのは、弟のおかげでもある、か）

「ローゼを遠くに置くのは心配ではあるが、背に腹は代えられん。――金に糸目はつけない。有能な人材を集めておくように」

「御意に」

●
●
●

父達に調査されているとは気づかないまま、マリアローゼは着々と商会設立の準備を進めていた。

土台に関してはシルヴァインとキースに任せているが、クリスタに商会の会頭として働いてくれる人材を紹介してもらったのだ。

まだ正式なものではないので、公爵邸ではなく、クリスタとレノの工房で話すことになった。

立ち会いを代理人であるシルヴァインに頼み、エイラには魔道具の相談をすると言って工房の外で待ってもらっている。

「エミール・ブレンセンと申します。兄が出払っていて、代わりに弟の私が馳せ参じました。どうぞご無礼をお許しください」

「いえ、急な話に応じてくださって感謝しております」

マリアローゼのにこやかな笑みに、エミールは面食らったように緑の目を見開いた。

本当に公爵家の令嬢？　こんなに礼儀正しいのに？　と確認するようにクリスタを見るが、クリスタはニコーッと笑ってエミールの肩をバンバン叩いた。

「ね？　ウチのお嬢様、めちゃくちゃいい子でしょお？」

「いえ、普通ですわ、普通！」

（変な噂を広められたら困る！）

マリアローゼは慌てて否定するが、エミールは胸に垂らした金髪の三つ編みの上から左胸に手を当てて会釈《えしゃく》した。

「いえ、貴族籍とはいえ、末端の男爵家の人間など平民のようなものです。しかも商売をやっていると、官吏からすれば下賤な仕事をしていると思われ扱いも異なりますので、お嬢様のような方は珍しいのですよ」

（貴族でも身分差で嫌な思いをすることはあるけど、それなら平民や貧民の扱いはもっと酷いということよね）

こてん、とマリアローゼは首を傾げた。

「それはわたくしではなく、世間一般の方々が歪んでいらっしゃるのではないかしら？」

「……クッ、アハハハ」

耐え切れないというように、マリアローゼの背後に座っていたシルヴァインが爆笑する。

マリアローゼは振り返って、形良く組まれた長い足を小さな手でぺちっと叩いた。

「お兄様、笑いすぎです」

笑いやまないシルヴァインにフンと顎を反らしてから、マリアローゼはまたエミールに向き直った。

エミールはマリアローゼを見つめて頷く。

「……なるほど。お嬢様のことが何となく分かりました。では、本題に入りましょう。クリスタに見せていただいた魔道具につきましては、問題なく発売出来ると思っておりますし、公的機関でも採用されると思います。交換用のインクも消耗品として売れますので、莫大な利益になるかと。ですが、その利益は一体何に使われるのですか？　いえ、私共には利点しかないのですが、失礼を承知でお聞きしたいのです」

口を開こうとしたマリアローゼの後ろで、シルヴァインが身体を起こす気配がした。

そして、冷たい声音でエミールに言う。

「失礼だと分かっているのに何故聞くんだい？　答え如何《いかん》によっては引き受けない、とでも言いたいのかな？」

「そんな、滅相もございません。引き受けないという選択肢はありませんが、理由によっては私共もより金と命を懸けるべきかと思いまして」

にっこりと受け流すエミールに、マリアローゼは頷いた。

「では、その問いに答えるためにも、条件を出してもよろしくて？」

「もちろんでございます。無理難題でなければ、お受け致しましょう」

「わたくしは公爵邸から自由に出ることを許されていないので、調査していただきたいのです。貧民街の教会について。もちろん、危ないことはなさらないで結構です。ただ、子供達がどんな生活をしているのかが気がかりなのです」

ジェラルドはマリアローゼの心配をしていて、孤児院の話はしたがらない。

（お父様が教えてくれないのなら自分で調べるしかない）

エミールは目を細めて、マリアローゼとシルヴァインを見やった。

「失礼なことを申し上げても？」

薄く微笑んで言うエミールに、背後のシルヴァインがぶわりと殺気を孕《はら》ませるが、マリアローゼは落ち着かせるようにシルヴァインの足に小さな手を置いた。

「……それをお聞きする前に、何故わたくしがそれを気にするのかお話し致しますわ」

エミールの思っていることが透けて見えるような態度に、マリアローゼはふう、と溜息を一つ吐く。

「先日買い物に出かけた時に、死にかけている貧民の子供を二人連れて帰って、治療を受けさせました。今はもう元気になって我が家で働いておりますけれど、わたくしの知らない世界で、どれだけの子供達が不幸な目に遭っているのかと心が痛んだのです。だから、莫大な利益を得られるのなら、そのお金で子供達を救う手助けがしたいと思うのは、金持ちの我侭《わがまま》でしょうか？　明日食べるパンを気にしなければならない子供が、パンを配ってくれる相手を選びますの？」

マリアローゼの淀みない答えに、エミールは表情と声を失った。

ただ金を投げ与えるだけの慈善事業でも、自分の名誉をひけらかすための恣意《しい》行為でもないと瞬時に察することが出来たからだ。

そして頭を垂れ、地面に跪《ひざまず》く。

「無礼をお許しください」

エミールは俯《うつむ》いていた顔を上げ、片膝立ちの姿勢のまま、椅子に座るマリアローゼを笑顔で見つめた。

「調査の上、適切な支援とその金額を報告させていただきます。それと、先程申し上げました通り、私の命に替えましてもお嬢様の求めるものは何でも手に入れると誓いましょう」

（え？　重……）

跪《ひざまず》いたイケメンの笑顔の破壊力よりも、その言葉の重さが気になってしまうマリアローゼだった。

●　●　●

エミールの兄マローヴァは、最初にこの話を打診された時から会頭を引き受けることに乗り気だった。

相手が公爵家だからではなく、古い友人の関係者だからだと言っていたのだ。

その人物と仲が良かったのかとエミールが尋ねると、いつも通り糸のような目を細めて笑った。

「いいや。だから、嫌がらせ。でもこれは運命でもある」

などと謎かけのようなことを言って、それ以上は教えてくれなかった。

納得出来ないエミールにマローヴァが告げたのが、今回の顔合わせに参加することだった。

「自分で交渉相手を確かめて納得出来なかったら、手伝わなくていい」と。

兄は優秀で、エミールの手伝いが絶対必要というわけではない。それなのに何故そんなことを言うのか。

それに、断らないことが前提の商談など今までになかった。その上で、相手を見極めて選ばせるということもまた、初めてである。

聞けば、相手は年端もいかない少女で、貴族だという。

王妃の縁戚で、王室を凌《しの》ぐ資産家である筆頭公爵家の愛娘。

どれだけ甘やかされてきたのか想像も出来ない環境で育っているのに、何故商品を売りたいのかも皆目見当がつかなかった。

最悪、子供の遊びに付き合わされるのではないかと危惧していた。

だが、マリアローゼという令嬢は貴族らしからぬ考えを持ち、エミールですら気にしたことのない貧民にまで救いの手を差し伸べようとする、風変わりな少女だった。

彼女より長く生きてきた自分でも答えに窮する物言いにも心を揺さぶられたのだ。

「ふふ、確かに食べ物に名前は書いてないし、飢えている者は気にしませんね……」

エミールは商談から帰る馬車の中で独りごちる。

射抜くような真摯《しんし》な瞳は、清らかで強い輝きを持っていた。

瞬時に返してきた言葉に迷いはなく、ふわふわした甘さもない。

「どんな女性に育つのか、実に楽しみです」

●●●

ロランドが城に帰る日が明日に迫った、ある日の晩餐《ばんさん》。

珍しく双子が父に怒られていた。

食事が終わり、食後のお茶とデザートを食べている時間に、今日致した悪戯《いたずら》について、父が叱り始めたのだ。これはとても珍しいことだ。

(普段なら、執務室に呼ばれてこってりと絞られるのに)

最近、デビュタント前の慣らし運転なのか、近しい間柄の家が集まるお茶会に母が双子を連れていっていたのはマリアローゼも知っていた。

話の内容を総合すると、お茶会に来ていた伯爵家の令嬢に対する悪戯《いたずら》で、令嬢が兄達が用意した蛙の玩具に驚いて泣いてしまったらしい。

怪我をしたわけではないので、母の謝罪で事なきを得たのだが……愛妻家の父は怒髪天《どはつてん》を衝いた。

余計なことで妻の頭を下げさせたのが許せなかったのである。

マリアローゼは父と双子の兄を見比べながら、ひんやりしたゼリーを食べていた。

シルヴァインとキースは特に興味なさげな様子で、ノアークも黙々とスプーンを動かしている。

ロランドは居た堪れない感じで、そわそわしていた。

(双子は怒られ慣れているので、同情はしなくても大丈夫)

マリアローゼは気遣うようにロランドに微笑んだ。

実際に怒られている双子は、しゅんとしているように見えて、てへぺろ！　のような軽さが感じられる。

ひとしきりお叱りがあった後、不意にジェラルドがマリアローゼを見た。

「ローゼはどう思う？」

(どう思う？　何故私に聞くの)

突然名指しで話を振られてマリアローゼは困惑したが、うーん、と考えを巡らしながら言葉にする。

「わたくしはお兄様のことが大好きですし、悪戯《いたずら》自体は悪いことだとは思っていませんの」

双子の兄を見比べながら言うと、彼らは信じられないようにお互いを見て、またマリアローゼを見る。

「でも、人を苦しませたり悲しませたりする悪戯《いたずら》は三流ですわ」

許されたと思いきや突然グサリと刺さる言葉を言われて、双子は父に怒られている時よりも血の気が引いた顔になり胸を押さえた。

「ただ驚かせるだけなら、二流。人を笑顔にしたり、幸せにしてこそ一流というものだと、わたくしは思いますわ」

「それは難しい注文だなぁ」

腕組みをしたシルヴァインが、のんびりとした口調で言う。

「ふふ。何を仰《おっしゃ》いますの。お兄様達は目標が高いほど、やる気になるではありませんか」

マリアローゼに言われるとシルヴァインはニッと笑って肩を竦《すく》める。

「でも、幸せにするとかよく分からないや」

「考えてみるけど……」

双子がしょんぼり……珍しくしょんぼりしている。

(素直なお兄様達は可愛い)

マリアローゼはほっこりと微笑む。

分かりやすく説明しよう、と、考えながらもマリアローゼが続ける。

「実例を挙げてみましょう。悪戯《いたずら》をより洗練させたのが、奇術師だと思いますのよ。彼らの舞台に人々が熱狂して押し寄せるのは、驚きを楽しみたいからです。もちろん、変化や驚くことが嫌いな人もいますし、誰もが好きだというわけでもありませんが。もしも、驚かせることが楽しいのでしたら、きちんと考えて行動しないといけませんん」

そしてじっと二人を見つめて、マリアローゼはにっこりと花のように微笑んだ。

「それにわたくし、大好きなお兄様達が嫌われてしまうのは悲しいです」

さすがにこの言葉が深く胸に突き刺さったのだろう、双子は素直に母と父に頭を下げた。

「申し訳ありませんでした」

真摯《しんし》に頭を下げる二人を見て、ジェラルドは瞠目《どうもく》する。そしてマリアローゼを見て、未だしっかりと頭を下げる双子に視線を戻した。

「反省したのならいい。次からは気をつけるように」

顔を上げてからもいつものふざけた様子のない二人に、ジェラルドは目を細めた。

マリアローゼは双子達がきちんと反省した様子を見て、ほっと胸を撫で下ろす。

せっかく綺麗に纏《まと》まったのだが、シルヴァインが横から面白がって聞いてくる。

「ねえ、俺は？」

マリアローゼは少し溜息を吐いてから答えた。

「大好きです、シルヴァインお兄様」

「僕は？」

すでに頬を上気させたキースが目を逸らしながらも聞いてくるので、マリアローゼは律儀に答える。

「大好きです、キースお兄様」

ノアークも何か言いたそうにしているが、口を開く前にマリアローゼは言った。

「もちろん、ノアークお兄様も大好きですわ」

三者三様、妹に言われて喜ぶ姿に一抹の不安を覚えつつも、何か言いたげな両親にマリアローゼは笑顔を振りまいた。

「お父様とお母様も大好きです」

それを聞いたジェラルドとミルリーリウムも、幸せそうに寄り添い合って微笑んでいる。

仲睦《なかむつ》まじい家族を前に、ロランドはチラチラと視線を送っていたが、何も言えないままゼリーを食べ続けていた。

もし家族同士だったら結婚出来ないし……と口を噤《つぐ》んだロランドの心の内は、マリアローゼに届かない。

マリアローゼは、愛しい家族の幸せそうな姿を満足げに見つめる。

(家族仲もいいし、侍女達や王族の方々とも問題は起きていないし、今のところ順調ね)

この世界の舞台がゲームなのか小説なのかは相変わらず分からないが、マリアローゼにとっては現実でしかない。

家族と幸せに過ごすためにこれからも頑張ろう、とマリアローゼは改めて心に誓った。

この作品に対する皆様のご意見・ご感想をお待ちしております。

おハガキ・お手紙は以下の宛先にお送りください。

【宛先】

〒150-6019 東京都渋谷区恵比寿 4-20-3 恵比寿ｶﾞｰﾃﾞﾝﾌﾟﾚｲｽﾀﾜｰ 19F
（株）アルファポリス　書籍感想係

メールフォームでのご意見・ご感想は右のＱＲコードから、
あるいは以下のワードで検索をかけてください。

アルファポリス　書籍の感想　検索

ご感想はこちらから

本書は、「アルファポリス」（https://www.alphapolis.co.jp/）に掲載されていたものを、
改稿、加筆のうえ、書籍化したものです。

悪役令嬢《あくやくれいじょう》？　何《なに》それ美味《おい》しいの？　溺愛公爵令嬢《できあいこうしゃくれいじょう》は我《わ》が道《みち》を行《ゆ》く

ひよこ１号（ひよこいちごう）

2024年 12月 5日初版発行

編集－羽藤 瞳・大木 瞳
編集長－倉持真理
発行者－梶本雄介
発行所－株式会社アルファポリス
〒150-6019 東京都渋谷区恵比寿4-20-3 恵比寿ｶﾞｰﾃﾞﾝﾌﾟﾚｲｽﾀﾜｰ19F
TEL 03-6277-1601（営業）03-6277-1602（編集）
URL https://www.alphapolis.co.jp/
発売元－株式会社星雲社（共同出版社・流通責任出版社）
〒112-0005 東京都文京区水道1-3-30
TEL 03-3868-3275
装丁・本文イラスト－しんいし智歩
装丁デザイン－AFTERGLOW
（レーベルフォーマットデザイン－ansyyqdesign）
印刷－中央精版印刷株式会社

価格はカバーに表示されてあります。

落丁乱丁の場合はアルファポリスまでご連絡ください。

送料は小社負担でお取り替えします。


ISBN978-4-434-34881-5 C0093